掬雲偶拾·陈武随笔

杂花生树

陈　武／著

古吴轩出版社
中国·苏州

图书在版编目（CIP）数据

杂花生树 / 陈武著. -- 苏州 ：古吴轩出版社，
2020.1
（掬云偶拾·陈武随笔）
ISBN 978-7-5546-1336-8

Ⅰ. ①杂… Ⅱ. ①陈… Ⅲ. ①随笔—作品集—中国—当代 Ⅳ. ① I267.1

中国版本图书馆 CIP 数据核字（2019）第 155399 号

责任编辑：蒋丽华
见习编辑：闫毓燕
策　　划：崔付建　秦国娟
封面题签：葛丽萍
装帧设计：Amber Design 琥珀视觉

书　　名：**杂花生树**
著　　者：陈　武
出版发行：古吴轩出版社
地址：苏州市十梓街 458 号　　邮编：215006
Http：//www.guwuxuancbs.com　　E-mail：gwxcbs@126.com
电话：0512-65233679　　传真：0512-65220750
出 版 人：钱经纬
印　　刷：三河市华东印刷有限公司
开　　本：787×1092　1/32
印　　张：7.25
版　　次：2020 年 1 月第 1 版　第 1 次印刷
书　　号：ISBN 978-7-5546-1336-8
定　　价：48.00 元

目录

葛

江苏北部的云台山是葛的产地之一，《救荒本草》卷四云："生汶山川谷及成州、海州、浙江并澧、鼎之间。"这里的海州，就是今天的连云港市。

葛，我们都叫作葛藤，也有人叫葛根，是豆科多年生缠绕藤本，嫩茎有紫棕色粗毛。块根肥厚，内白色，含有大量淀粉及麻状纤维。叶互生，花紫色，蝶形，有点像豆花，总状花序，花谢后，结线形荚果，果上密生黄色茸毛。葛藤遍布云台山，峭壁陡坡、杂木林间、灌木丛里都有分布，越峻峭的地方长势越好，藤茎越长，有的野生葛藤比较粗，很有些沧桑的意味。早年间，我在连岛苏马湾野生植物园里见过一株葛藤有茶杯粗，缠绕了几棵大树，岁数上百。

云台山的山民们常常在秋冬季节里进山，带着镐头钻进荆棘丛中挖葛根，运气好的话，一天能挖十多斤。把挖出的葛根带回家，洗净、切成片，捣烂放入水缸中浸泡，揉出淀粉，晾干，这就是闻名遐迩的葛根粉了。葛根粉用开水冲泡即可饮用，有解饥退热、生津止渴、开胃消食等功效，还能医治腹泻，是养生保健的佳品。《神农本草经》云："主消渴，身大热，呕吐，诸痹。起阴气，解诸毒。"

二〇〇七年秋冬期间，我拜访北大老教授白化文先生。白化文是连云港人，年轻时在北京求学，中华人民共和国成立前考入北大，后留校任教，在佛学、古典文学方面有专门研究，著述很多。其祖父是军阀"海州王"白宝山，长期驻守海州。我和他闲聊时说到家乡风物，他对连云港的葛根粉记忆犹新，说那是好东西，他小时候吃过野生的葛根粉，是山民们自己采来制作的，味道至今没忘。古代也有一个类似的故事，是《京华人物记》记载的：南粤籍名士梁鼎芬，官居北京，常常想起故乡的名产葛根和葛粉，从街市里又买不到，于是就到药铺去买来肥大的葛根，切成片，自己调制葛根粉饮用。梁鼎芬说，他从小就酷爱此物，京中友人中，多是北方人，不知葛粉可做消闲食品，所以把他的调食葛粉称为奇癖。

《诗经·周南·葛覃》诗：

葛之覃兮，施于中谷，维叶萋萋。
黄鸟于飞，集于灌木，其鸣喈喈。
葛之覃兮，施于中谷，维叶莫莫。
……

一个采葛的女子，做完工作后，准备回家看望父母。余冠英先生对这首诗的翻译，可谓非常独特，非常上口，既若童音般纯净，又似新雨般清澈：

葛藤枝叶长又长，漫山遍野都生长，
嫩绿叶子水汪汪。小鸟展翅来回飞，
纷纷停落灌木上，唧唧啾啾把歌唱。
葛藤枝叶长又长，漫山遍野都生长，
嫩绿叶子多又壮。收割水煮活儿忙，

细布粗布分两样，做成新衣常年穿。

《西游记》第一回有一段描写，说有一群小猴子在花果山水帘洞前“跳树攀枝、采花觅果……扯葛藤，编草袜”的玩耍情景。

《镜花缘》第九十一回中，也提到了葛根粉，称赞“惟海州云台山所产者最佳”，并进一步指出，“葛根最解酒毒，葛粉尤妙”。在九十三回写众才女行令饮酒担心醉倒，小说借才女小春之口说：“只要有了云台山的葛粉，怕他怎么。”小说上说葛粉解酒毒，典籍里有所记载，南朝大医学家陶弘景《名医别录》云：“葛花主治消酒毒”。唐代药王孙思邈《千金要方》记有葛根捣汁饮服，治酒醉不醒。金元四大医家之一的李杲在《兰室秘藏》里，有一著名的解酒良方“葛花解醒汤”，方中用葛花、砂仁、白豆蔻仁等中药材，研成细末，每次用白开水适量调服，可治饮酒太过，或酒伤之后导致的眩晕呕吐、胸膈满闷、饮食减少、体倦尿不利等症。《本草别录》也记载了葛花解酒的单方：用葛花五钱，加红茶叶少许，一同煲浓茶一大杯，饮后即能清醒。葛花解酒在民间也有一个有趣的传说：山里有一户人家，在野葛花盛开之际，山民把酿好的一坛酒拿出来准备待客。启开坛盖之后，不巧刮来一阵山风，将葛花吹入坛中。等菜炒熟，斟酒待客时，发现酒味全无，味淡如水，这才知道是葛花所致。后来人们口耳相传，都知道葛花可以解酒。有一首古诗，说的也是葛花解酒的事：

深山野葛藤蔓长，
攀树援枝绕屋墙。
刘伶若是醉荫下，
花自解酲梦更香。

这首诗不仅写出了“花自解酲”，还道出了其生长环境和形态特征。

葛根、葛花能够解酒，国外也有相关研究。哈佛大学的研究人员用仓鼠和野葛根做过试验。仓鼠是个十足的“酒鬼”，而且沾酒就上瘾，仓鼠在口渴时，如果在它面前放上一杯水和一杯酒，它肯定选择酒。研究人员将喝酒上瘾的仓鼠单独关起来，给它服用野葛根汁，过不了几天，这个“酒鬼”的嗜酒程度就会大减。更为神奇的是，饮葛根汁和其他戒酒方法不同，没有一点副作用，不会对戒酒仓鼠的饮食造成任何不良影响。美国的葛藤很多，据报道，二十世纪七十年代，葛藤无声无息，在没有任何天敌的情形下占领了美国佐治亚、密西西比、亚拉巴马等州的数万顷土地，将当地的植物“吃”光。

我在云台山南坡上有一间石头小房，在房子的前后左右，到处都生长着低矮的灌木和荆棘，一些藤类植物如金银花、爬山虎、凌霄花、葛藤等也很多，特别是葛藤，似乎见风就长，像野马一样疯狂。山下一席姓山民，喜欢采挖葛根，他专门买口大缸，利用我家屋后的甘泉熬制葛根粉。我有一次问他，许多人这样采葛根，不会有挖绝的那天吗？他说哪能呢？葛藤就像野马一样，没有东西能约束它。

想起年少轻狂的时候，我也有过葛藤一样肆意成长的日子，就像山风从灌木丛中穿过，在那些青叶野花间碰撞，没有节制，不懂爱恨，不知忧愁，到处浸入。而现在呢？

胡瓢歪歪和癞葡萄

萝藦，有的地方叫针线包或婆婆针线包。

这是一种多年生草本藤状植物，藤的嫩苗有白浆，叶对生，卵状心形，上面绿色，下面粉绿色，有长柄。花序腋生，白色，带有紫红色斑纹。

萝藦喜欢缠绕在芦苇上生长。乡间的池塘边上，经常看到成片的芦苇被萝藦压趴在地。

胡瓢歪歪是萝藦结的果，纺锤形，也有的地方叫它瓢瓢，是很受儿童喜爱的野果。

夏天，胡瓢歪歪成对成对地结在腋丫里，趁嫩摘下来，剥去皮，露出白色的肉，甜，有汁水，很好吃。老了就像棉花一样没有味了。到了秋天，上学、放学路上的孩子们会摘几个在手里，剥开一个口子，放在嘴上吹，那些绒绒的毛便飞起来，密密地在天空飘扬，像降落伞一样好看。

其实，胡瓢歪歪的壳子叫天浆壳，是一味中药，秋天采摘晒干后，煎服可治肺风痰喘。鲜果捣烂或用干果内种子的绒毛敷外伤出血，很有疗效。

癞葡萄其实不是葡萄，秧子倒是和胡瓢歪歪的秧子相像。另外相像的是都从果名。

癞葡萄表面不平，有疙瘩。

癞葡萄以人工种植为多，主要爬在人家的墙头上，果子比胡瓢歪歪大，剥去皮，里面的肉是血红色的，甜中有一种怪味，没有胡瓢歪歪上口，吃完后，嘴角和嘴唇上都是桃红色。奇怪的是，不论在谁家池塘边的芦苇上、园头篱笆上或树干上，在胡瓢歪歪秧子所爬之处，任意摘取，都不算偷。但是摘癞葡萄，不小心就会落个“偷名”了。原因恐怕就是前者是野生的，而后者是家种的。

黑白丑

一

小区的花圃里搞建设，搞了个半拉子工程，从山上运来的一大堆黄土堆在园子中间，像一座土山。三四年来，这个土山被半人深的蒿草覆盖，成了一个不折不扣的野生植物园。我天天从土山边经过，看着许多我熟悉的花草，有一种特别的感情。那一棵徐徐菜，长得特别肥嫩，叶子比平时见到的要大而壮，叶茎是红色的，把大锯齿形的绿叶也映成透明的暗红色。盛夏过后，徐徐菜的中间起了一根薹，也是肥肥嫩嫩，薹顶开一朵紫色小花，在那么多杂草中颇见风情。还有菜姜，杆子比大拇指还粗，足足有一人高，叶子大得像葵叶，想必它的块茎头也不会小。有一株草狼，也是格外粗壮，结的草狼籽一个个缠在一起，成为一团，像花球。还有竹片菜、灰条菜、狗尾巴草、车前子、徐长卿、茵陈蒿、山莩莩等数种。这些无人管束的植物因为新山土养分充足，长势格外旺盛。离它不过数十步就是人工种植的草坪，不知遭了什么虫害，早早就成片地死了。

在这些杂草野蒿中，有两株黑白丑，蹿出草丛，浮在那些草的梢头，藤藤蔓蔓的，汇了一大片。到了夏天时，这两株黑白丑的花非常繁密，一棵紫蓝，一棵淡红，交错得非常协调，红红蓝蓝，一朵一朵呈喇叭状——这就是它俗称喇叭花的原因了。早上送孩子上幼儿园，路经土山边，喇叭花上滚着浓浓的夜露，在朝霞中特别鲜艳。因为我告诉过孩子这是什么花，所以每次路过时，他都说，小喇叭又唱歌了。

二

喇叭花在乡间是常见的花，小树、芦苇、篱笆上常常爬满了喇叭花，早上开得香喷喷的，过了中午，它就蔫了。它的花只开半天，我们都是知道的。女孩子们喜欢把喇叭花一朵一朵揪下来，红的、蓝的、白的、紫的，串在一根细长的柳条上，做一个花环，套在脖子上，可以一直“臭美”地走到学校。也有小女生，把紫的或红的喇叭花揉挤的汁涂在指甲上，紫呆呆蓝莹莹的，倒是有些风情。

三

喇叭花是蔓生草本，茎缠绕，可达三四米长。叶互生，三裂，有长柄，两面有倒生短毛。花腋生，一到三朵，早开午闭。果为球形，成熟时自然裂开，内含种子六粒。开白色和淡红色花者，种子多为淡黄色，叫白丑；开蓝色和紫色花者，种子多为黑色，叫黑丑。这就是黑白丑名的来历吧。

黑白丑又叫牵牛花，它的种子叫牵牛子，可以供药用，有泻下、利水、驱虫等功效。

关于牵牛子，还有一段传说：从前有一户穷苦人家，家贫无法度日，便将孩子卖给财主家做放牛娃。有一年秋天，孩子害了一场无名大病，全身肿胀，小便闭塞，肚子鼓得像大皮球，命将难保。财主怕他死在家里晦气，就将他扔到乱葬坑。牧童撑着垂危的病体在乱葬坑里爬行，爬到一堆蔓草丛中实在爬不动了，肚子虽胀但是仍感到饥饿，只好揪身边蔓草的果实吃。谁料，吃下去不多时，小便畅通了，憋了多天的一泡尿排出后，腹胀大减。牧童采了许多，躲到一个山洞里，吃了几天，居然大病痊愈，于是又回到财主家放牛了。一天，他牵着牛，路过乱葬坑时，特地向救他的蔓草叩了几个头，感谢它的救命之恩。此事让山里人知道了，慢慢传开来，知道这种蔓草的种子可以入药，有利尿功效。为了纪念发现它的牧童，就取名“牵牛子”了。

四

宋人秦少游有一首《牵牛花》，把牛郎织女的故事演绎了一遍，写得朦胧缠绵，委婉动人，情韵无限。诗云：

银汉初移漏欲残，步虚人倚玉栏杆。
仙衣染得天边碧，乞与人间向晓看。

大文学家曹雪芹乃祖曹楝亭既善画又善诗，花鸟画有《咏凤仙》等，有一首关于牵牛花的题画诗：“黑丑花开早晚凉，红蜻蜓出雨丝香。清秋最要浓描写，莫种梧桐夜漏长。”诗虽一般，意境很美。乡邦画家江祥荣先生也善写牵牛花，已故书法家徐兆良先生对他的写意牵牛花十分欣赏，曾让他作为“保留节目”，轻易不要示人。我曾看过他的一幅《清韵春唱图》，两只八哥仰天鸣唱，水红色牵牛花在藤叶间含露盛开，鸟鸣花开，线条灵动，墨色活泼，有齐（白石）氏风韵。

现代文学家叶圣陶老先生也写有一篇《牵牛花》，发表于一九三一年《北斗》杂志的创刊号上，开头就说：“手种牵牛花，接连有三四年了。”叶老是在瓦盆里种牵牛花的，而且一种十来盆。叶老很有深情地说：“种了这小东西，庭中就成为系人心情的所在，早上才起，工毕回来，不觉总要在那里小立一会儿。”在叶圣陶和俞平伯通信集《暮年上娱》里，有关于牵牛花的多封通信，一九七四年六月廿八日，叶圣陶致俞平伯信中说：“今日往访伯祥，知近日又到彼处晤叙。谈及种花草，忽忆前承告知，某友处可得出自梅氏牵牛花种子。未识能为致二三颗否？如可致，希纳于信封中惠我。”从这封信开始，至十一月七日，两位老人关于牵牛花种子及栽种等事共通信达十五次之多。

叶老信中的“梅氏”，是京剧表演艺术家梅兰芳。梅兰芳先生也喜欢牵牛花，还和朋友们组成一个小团体，见面时，三句话离不开牵牛花，还互相交流种植经验，互换花种。大画家齐白石就常到梅府去赏花，北平沦陷时，白石老人闭门不出，有诗句云：百本牵牛花碗大，三年无梦到梅家。据说，梅先生养牵牛花，是因为牵牛花在大清早开花，他常常拿起床和牵牛花开花比赛看谁更早。有一次他在俯身闻花时被朋友看见，说他像是在做“卧鱼”的身段。说者无意，听者有心，梅氏从中受到启发，便仔细揣摩实践，终于在《贵妃醉酒》中使贵妃赏花的“卧鱼”身段更加完美、生动、传神。

五

日前读报，看到一个有趣的消息：《让牵牛花发出玫瑰香》。这则消息来自二〇〇八年十月十日《青年参考》，转译自英国的《每日电讯》。该消息称，以色列希伯来大学的亚历山大·文森特教授和他的研究小组，已经掌握一种新基因技术，不仅可以控制植物气味的浓淡，还能让同种植物拥有不同的香味。他们用牵牛花和康乃馨做试验，从玫瑰里提取出控制香味的基因，分别注入上述两种植物中，结果牵牛花和康乃馨都发出了玫瑰的香味。研究小组还分别成功地交换了牵牛花和康乃馨的香味。不知为什么，看到这则消息，我一点儿也高兴不起来，如果这项实验真的在所有的植物身上得到实施，那么千奇百怪的植物的特性怎么体现呢？难道真的要让世界发出同一种香味吗？我的思维看来十分荒唐和可笑，因为人类是智慧的，总有办法控制这个世界并让其按照正常的秩序来运行。但是，从真心里讲，我不喜欢牵牛花发出玫瑰的香味。我还是喜欢牵牛花自己的芳香。

国庆长假期间带小孩子玩，在土山上教他认野草，说一些童谣、谚语给他听。我说这是徐长卿。儿子说，它怎么起了人的名字？我说茵陈草是“三月茵陈五月蒿，六月砍来当柴烧”。他听不懂，只是觉得好玩，很快学会了，挂在嘴上不停地说。后来我们采了许多牵牛花的种子，回家后用纸包好，准备来年春天也种几盆。

附记

这篇小文大约写于二〇〇八年深秋。今年清明刚过，我就找来一只花盆，把陈土倒出来，用水潮透，混入营养土，种上了几颗牵牛花的种子，三四天后的清晨，有两颗鼓了芽，又过一天，又有两颗鼓了芽，头上都顶着种子的黑皮，嫩嫩的，弱不禁风的样子。但我知道，要不了多久，它就会藤藤蔓蔓地生长起来了。牵牛花好栽好养，民间有谚语说，秋赏菊，冬扶梅，春栽兰草夏养牵牛。听听，牵牛花和菊、梅、兰平起平坐了。

二〇〇九年四月十五日记

马兜铃和马鞭草

花果山上有两种“马”字头的草：马兜铃、马鞭草。

马兜铃是一种多年生蔓草植物，茎叶有香气。茎缠绕，叶互生，犁头形，基部两侧突出如耳。开斜漏斗形紫绿色小花，镰刀一样弯曲。结的果子为球形，下垂像小瓜，又如挂在马颈上的铃铛，故名。成熟后的果裂成六瓣。

马兜铃的茎叶，中药名为“天仙藤”。根也是一味中药材，曰“青木香”，也许是因为茎有香气的原因吧。云台山自古盛产青木香。宋代的《证类本草》引录《图经本草》记有“海州青木香”，明人《本草乘雅半偈》也说青木香产自海州。《西游记》在第六十九回《心主夜间修药物，君王筵上论妖邪》里，饶有趣味地记叙了朱紫国国王吃了行者、八戒、沙僧用大黄、巴豆、马尿配制的怪药后，怪疾痊愈，设宴款待唐僧师徒时，猪八戒说漏了嘴："那药里有马——"行者怕他把马尿说出来，接茬说："陛下早间吃药，内有马兜铃。"作者吴承恩对家乡云台山的马兜铃十分熟悉，借太医官之口，将马兜铃的性味、功效、主治等做了首七绝，说给国王听，诗云：

兜铃味苦寒无毒，定喘消痰大有功。
通气最能除血蛊，补虚宁嗽又宽中。

太医官既把马兜铃的功效一一讲明，又解了猪八戒的围，否则，这顿美餐还不一定吃得成。清人李卓吾在诗后点评道："叙得有趣。"在该回后的总批也说："今日也不少大黄、巴豆医生。或有以大黄、巴豆、锅灰、马尿为秘方者，亦未可知。"

不过马兜铃确实浑身都是宝，果实、茎叶、根，都可入药。夏采茎叶（天仙藤），秋采果（马兜铃），冬采根（青木香）。茎叶活血通络，化湿消肿；果实清肺降气，止咳平喘，根顺气止痛，解毒。乡间的偏方是，把马兜铃的鲜根切一块咬在牙疼处，可缓解牙疼。

马鞭草为多年生草本，株高可达一两米。茎是方形的。单叶对生，暗绿色，深裂，有缺刻和锯齿，正面有皱纹。开淡蓝或淡紫色小花，密生成细长花穗，形如马鞭。果实小，长圆形。夏天开花，秋天结果。在乡间，河边垄旁、房前屋后随处可见。全草可供药用，有活血散瘀、通经、利水、止泻、杀虫等功效。

关于马鞭草，连云港云山小学校本教材《云山百草》里记有一篇传说，为吴舟先生所记，全文录载如下：

> 相传观音菩萨闲来无事，常走出紫竹林，坐莲台到四方去察看民情，解难救急。一日，她来到云台山上空，见一朵白云被一圈乌云绕着，时散时聚，心中好大疑问，便化作个老婆子，下去看个究竟。
>
> 唔，有一个女人，正用一根粗马鞭抽打她的男人，那男人乖乖地躺在一块光滑的石鼓上，敞开那种胀得像一盏琉璃灯的大肚皮……

观音菩萨不忍心看下去，便上前阻拦。

那女人喘了一口气，擦了擦眼泪，看着这陌生的老婆婆。那男人坐起身来，眼露几分凶光，抱怨地说：老婆子，要你管什么闲事？我们村前村后的人生大肚皮病，都是靠马鞭抽好的。病要好，抽得早！病要好得快，鞭抽一千下！我还只抽了五百。

观音菩萨笑道：你这马鞭这么灵光，给我看看！

女人把马鞭递给了她。

观音菩萨接过马鞭，往地里一插，说：我让它变成一棵草，你们拔去煎汤，吃了包好！不要再用马鞭抽打了！

只见这马鞭一着地就生了根，长出了绿绿的叶片，深裂并有缺刻和粗齿，梗儿一棱一棱的，微风一吹，眼前一大片都是一样的马鞭草。

这一对夫妻看傻了眼，赶忙去拔了一棵煎汤吃。药汤一下肚，那男人胀鼓鼓的大肚皮真的就瘪了！

千年不大

我在朋友吴舟的中药铺里，看到他从山上移栽来的一棵千年不大。一只小小的瓦盆里，千年不大的植株矮矮的，不足半尺，两三片叶子并不浓烈，在枯涩的枝干上有三四个红色的小圆球，醒目得很。

千年不大又叫千年不烂心，学名紫金牛，中药名为平地木，全株酸涩微苦，供药用，煎服可治黄疸型肝炎，也可治风湿痛和跌打损伤。

千年不大为常绿小灌木，喜欢生长在阴湿的树林下或背阴的岩石后面，静静的，不挤占空间，不争抢阳光，不沐浴夜露，不求生长得高大，只吸取山地的营养，活着，有一二十厘米高足矣。正如它的名字一样，属于灌木中的

“侏儒”，十年二十年，还是那么高。但它有表现自己的特殊方式，即结的果实经久不落，九月结果，直至隆冬，果实都挂在枝上。

千年不大常在基部生出匍匐枝条，匍匐枝上生须根，延伸繁殖。叶片很少，通常只有三四片，最多七片，集中生在茎的端部，至今为止，还没有发现超过七片的千年不大。叶片椭圆形，边缘有尖尖的锯齿，绿色且有蜡一样的光泽。在茎枝顶端的叶腋内，开青白色小花，开花时间约在七月末或八月初。

花果山上的千年不大不多，如果不是有心寻觅，很难见到。去年深秋和朋友一起爬山，在大桅尖北端的一座大悬崖下看到有好几株，挤挤挨挨在一起，四周没有植物和它相伴，也终年不见阳光，但它却自自在在地挺立着矮小的身躯，而且每一株上都有几个圆圆的红果，特别招眼。它生长的地方太险峻了，我虽然离它不过五六米远，如不借助工具，根本不能接近。有心想移一棵回家做盆栽观赏，看来也只有空想的份了。

九死还魂草

在花果山裸露的岩石上，到处都能见到九死还魂草。

九死还魂草是我们当地的叫法，洋气点的称呼叫卷柏，还有的地方叫岩头松、崖头花或万年青，我觉得都不及九死还魂草叫得恰当。难道不是吗？九死还能还魂，这就是该草的特质。有人曾经做过这样的试验，将九死还魂草烘干后做成植物标本，放在标本橱中，过了若干年，拿出来浸在水里，在温度适宜的情况下加以培养，不消多久，居然又“还魂”成活并开始生长了，真是名副其实。

九死还魂草喜欢寄生在岩石上或石缝里，是多年生常绿草本，正面葱绿，背面淡绿，形如莲座，冬不怕冻，夏不怕晒，遇湿展开，干时卷起，根和土紧紧地交织在一起形成坚硬的土疙瘩，可能是便于保存水分吧。

有一阵我经常爬山，看到过许多九死还魂草，在久不下雨的季节里，草枯萎了，有的干脆就“死”掉了，手一碰它都会成粉末状而飞扬飘散。其实它并没有死。“死”，也许是它对付大自然的一种策略吧，仿佛在说：你看，我都死了，还不来点雨露吗？

待雨后再来爬山，看到这些成片死掉的九死还魂草，又活转了过来，碧绿一片。

有时候还会看到这样的景象，一株株九死还魂草，上半截是青绿色的，下半截枯萎了，或反过来，上半截枯萎，下半截青绿。这种特有的奇观，是要看它是哪半截先接触了潮气。

春天的花市上，山民们会采些九死还魂草来卖，一块钱一株，买一株放在玻璃缸或水杯中养着，比别的花草省心省事。也可以栽在花盆里，浇不浇水都无所谓。如果你成心想试试它九死还魂的绝招，也不妨把它放在阳光下曝晒数天，直至它枝叶枯干，再把它放入清水中，观察它九死还魂的过程。说不定，它特有的生命形式，会对你产生些许启迪，让你重新体悟生命的意义呢。

死能复生，这是九死还魂草的特殊本领。

骨碎补

骨碎补和九死还魂草有着相类似的特质。九死还魂草生命永存，年年长青，骨碎补则是百折不死，生生不息。

骨碎补为藤本植物，生长在崖头上，或在溪水边岩石上生根发枝，其根茎粗壮，攀石爬树，充满活力；枝蔓四处横生，仿佛生在藤上的“树”；叶形秀美，甚至有些婀娜的意味。

植物界和动物界一样，也是千奇百怪、五花八门，骨碎补的生存状态就颇耐人寻味——靠“吃”石头生存。

“吃”石头是骨碎补的一大本领，所谓吃，其实是骨碎补通过呼吸，产生碳酸，把岩石溶解，然后吸取它的养料，给自己强身健体。真是吃什么补什么，“吃”石头的植物自然就有石头一般坚硬的品格和一样永固的生命力。说起来真是不可思议，如果掐给你一根骨碎补的藤条，任你如何弯折，插在土里即可成活。更为可贵的是，把骨碎补的枝条倒插在土里或横着埋下，它也能生出叶芽，长出枝条来。所以，聪明的古人就根据骨碎补的特性，把它当成一味治疗骨折的中药，而且颇有疗效。而骨碎补的名字，即是根据其特性而起的，唐陈藏器《本草拾遗》就有这样的记载，云："骨碎补本名猴姜，开元皇帝以其主伤折，补骨碎，故命此名。"

连云港花果山为骨碎补主产地之一，宋苏颂《图经本草》收录的骨碎补有四种，其中就有"海州骨碎补"。明刘文泰等编撰的《本草品汇精要》里也指明骨碎补为海州（连云港古称）产"正宗"。明陈嘉谟《本草蒙筌》有"海州骨碎补"的附图。明《隆庆海州志》记述当时海州上贡物品中，也有"骨碎补十斤"的记载，可见当时的海州骨碎补名气之响亮。

想到骨碎补，想到它这种弯不曲、折不死的品质，想到它不管在什么环境和条件下都能生存的顽强生命力，真让人唏嘘感叹啊！

地卷皮

地卷皮是我家乡的叫法，别的地方或各种典籍中，有的叫地皮菜、地耳菜、地曲莲、地踏菰，也有的叫地衣、地线等等不一。还有不雅的叫法，如雷公屎、鼻涕肉等。

地卷皮是土壤地气生的藻，紧贴地面生长，初夏或秋季，在连续阴雨过后，山坡或荒地的草丛中最容易生长，外形有点像黑木耳，波浪形状。天晴的时候，地卷皮就干燥成褐黑色的片状。

小时候住在乡下，经常到坡地的草丛中拾地卷皮，那是很仔细的活——地卷皮躲在草丛中，会混上一些落在地上的枯草、泥土等杂物，不能大把抓，要一片片拾，拾时就要摘去杂物，回家后还要择一次，然后用清水洗净，炒韭菜吃，透鲜。

地卷皮还有一个名字：地踏菜。《救荒野谱》里记有一首民谣，是明人滑浩收集的：

地踏菜，生雨中，
晴日一照郊原空。
庄前阿婆呼阿翁，
相携儿女去匆匆。
须臾采得青满笼，
还家饱食忘岁凶，
东家懒妇睡正浓。

所以，古时称地卷皮又叫救荒菜。但是《救荒本草》上没有记载。《本草纲目》有提到，叫作“地踏菰”；《养小录》中称“地踏菜”；《野菜博录》谓“鼻涕肉”；还有个很诗意的名字，叫“葛仙米”。《随园食单》里有一道菜就叫“葛仙米”，做法是这样的：“将米细捡淘净，煮米烂，用鸡汤、火腿汤煨。临上时，要只见米，不见鸡肉、火腿掺和才佳。”也许末代皇帝的“鸭丁溜葛仙米”就是从这里演变而来的吧。一般人都把葛仙米混同为地卷皮，实际上真正的葛仙米却与地卷皮同类而不同种。葛仙米生活在水田里，十分稀少珍贵。王子辉在《素食养生谭》（山东画报出版社2007年5月版）里，对地卷皮大加赞赏：“在全世界都有分布。在干旱地区它会皱缩休眠，在潮湿地区它经常湿润，在水中有时也会吸附在岩石上。这种特殊的生态，当然不会像任何的蔬菜了，而它的身世也是许多蔬菜所望尘莫及的。那就是三十亿年前在水中顽固生活着的蓝藻。这蓝藻在地球上对后世的变化发展起着关键作用，甚至造就了后来一切生物和人类，是一切生命的促成者。”又说，地卷皮“就是蓝藻这个大家族中的一员，它那顽强的生命力，实在可钦可叹。作为食物，它不需要耕耘，不占任何田地，更不需要人们给予任何培植，甚至很少向大地索取什么养料，需要的仅仅是阳光、水和空气。”

地卷皮作为中药，《本草纲目》《农政全书》《宋氏养生部》等都有记述，《药性考》称其：“清神解热，痰火能疗。”而作为养生食物，它富含大量蛋白质、纤维素和肝糖等，具有滋润强体、补精活血、润肺、清涤肠胃等疗效。菜谱上有锅煎地耳、肉末地耳、鸡茸地耳、地耳拌细丝等做法。

艾

对于艾的记忆，最早来自小时候祖母在端午节时割来艾草插在门上的习俗。就像过年插桃枝、清明插柳一样，我们并不一定知道端午节插艾的意义，但这个习俗却是牢牢地记住了。

还有一个记忆，是隔壁的土佬爹，他老人家腿上、脚上经常害疮，就用干艾叶子裹成卷，点火熏，究竟有什么样的疗效我们也不得而知。每次在他熏疮时，我们这些小孩子心里既胆怯又好奇，远远地望着，不敢靠前。但能感觉到他把自己熏得很舒服。他不光熏自己身上的疮，还在夏天时，放在屋里熏蚊子。我见过他裹的艾条，有大拇指粗，长的一尺来长，短的也有四五寸，一排一排码在他家窗台上，每晚点一根，插在一只泥做的瓶子里。土佬爹还把艾条当作火媒子，抽烟袋时，用火刀在火石上打出火花，火花喷到艾条上，艾条就燃起来了。

艾为多年生草本植物，全国大部分地区都有分布，一片一片繁殖很快，矮的约到腿肚深，高的有齐腰深。艾叶有香气，茎上有明显的纵条和灰白色毛毛。叶互生，羽状分裂。不过梢头的叶子却不裂。花也开在梢头，穗状排列，淡黄褐色，不鲜艳，不妖娆，普通得不招人眼。好像没听说过有什么动物吃艾草。我们小时候给生产队割牛草，都要躲着它，要是不小心割到一星半点艾草，“牛头”都要骂我们。

艾草在很多时候是以“害草”面目出现的。说来奇怪，作为“害草”的艾，在很多时候并不让人讨厌，可能是它多多少少能为人类做些贡献的缘由吧——艾草含有大量的芳香油，在五月时含油量最高。这种芳香油极易挥发，飘散在空气中不仅会发出芳香，还能对周围的金黄色葡萄球菌、结核杆菌、大肠杆菌、白喉杆菌、伤寒杆菌以及皮肤真菌等有一定的抑制作用。因此，民间以艾叶、艾条熏蚊蝇，或者清洁空气，还在端午节时，以艾草为主，采来“百草头”，煮水给孩子洗澡，使其一个夏天不遭蚊虫叮咬。

《诗经》里有关于艾的抒情：“彼采艾兮，一日不见，如三岁兮！”艾在这里成了相思草。艾的普通和平凡，淡淡的绿和轻微的香，成了爱的寄托。

但也有不喜欢艾的人，白居易就是代表。他在一首《问友》诗中写道：“种兰不种艾，兰生艾亦生。根荄相交长，茎叶相附荣。香茎与臭叶，日夜俱长大。锄艾恐伤兰，溉兰恐滋艾。兰亦未能溉，艾亦未能除。沉吟意不决，问君合何如？”看来白氏是更喜欢兰草的。

艾有宿根，不需要侍弄，年年春天就从根部发芽。这让喜好兰花的白居易大伤脑筋。相比而言，苏轼对于兰艾共生，就宽容多了：“春兰如美人，不采羞自献。时闻风露香，蓬艾深不见。”

从小学到初中，有一个叫“长艾”的女生和我同班，二年级的时候还坐同桌，三年级的时候坐前后排。她扎两根又粗又黑的大辫子，个子不高，也不算漂亮，一副好脾气。虽然比我们要大两三岁，但常挨我们欺负，她也不恼，只是不理我们。她在学校的文艺表演中，扎着蓝布小围裙，顶着花头巾，一边扭一边唱，有模有样的，很讨喜。念初一时，有一回做广播体操，我们站在一排，做扩胸运动时，我们的手有好几次碰到一起，虽然是偶尔的，但我会很不好意思，怕她以为我是故意的，课后想跟她解释，却又心慌意乱起来。

三四十年时光一晃过去了，小学、初中的同学忘了很多，却因为艾的缘故仍然记得她。我喜欢爬山，每次在山坡上见到成片的艾草，情不自禁就会想起那个叫“长艾”的同学来。

向日葵

明代诗人钱士升写过一首《秋葵》："太阳岂是曾私照，何独此花感旧恩。日暮西风惨淡里，依依犹欲送黄昏。"此诗把葵花与太阳的恋情，写得丝丝入扣，耐人寻味。西方绘画大师凡·高的《向日葵》，其表现手法和我国画家大相径庭。在凡·高那里，向日葵是疯子，或者是一团巨大的火球，燃烧着，拧搅成痛苦的、痉挛的形体，感觉就像他自杀前的生命。早些年，看过苏童一篇小说，也叫《向日葵》，主人翁是一个叫项薇薇的女孩，是一个问题少女，喜欢穿带有向日葵图案的连衣裙。女孩任性、固执，同时又单纯、美丽。给我印象最深的是小说的最后，已经怀孕的项薇薇消失在一大片葵花地里。小说的基调忧郁而伤感，让人难忘。

但是，无论是文字里的向日葵，还是画纸上的向日葵，我觉得都不及我家乡的向日葵来得实在。我家乡的向日葵，有一个好听的名字，叫“望葵”，它长在篱笆的边上，一株，或者两株。它在幼苗阶段就与众不同，茎粗叶大，长势也快，等到夏天来临的时候，它的头就自然弯曲了，那上边垂着一个嫩绿的疙瘩，然后就是一朵花，黄色的花，再然后花蕊越长越大，在它长到不是花的时候，就是望葵了。

望葵，望着太阳的葵花。早上，它望着东方，头抬起来，披着一身的露水；中午，它望着南方，在骄阳似火中含笑怒放；傍晚它又望着西方，感谢阳光雨露，跟白天说再见，跟晚霞道晚安，真是“依依犹欲送黄昏”。

整个夏天，望葵都在诱惑着我们，先是望葵叶，然后就是招摇的望葵了。只是，那时候，没有人家为一株两株的望葵喷药施肥，因此葵花子又瘦又小，又饱受虫害，我们好不容易撕一块葵花盘下来，揣到怀里躲起来吃，上面的葵花籽虽然密密麻麻，却以空壳子居多，还会有肥大的白虫子。

村里人老拿望葵说事，比如说谁谁谁脸长得跟望葵一样，那他不但脸黑，还疙疙瘩瘩的。比如说谁谁谁个头跟望葵秆似的，就是说对方又瘦又高。比如说，你看谁谁谁，头勾跟望葵似的。“勾头刀快，勾头人坏”。说谁头勾得像望葵，多半不是好话。

向日葵约在明朝时被引入我国，如今所知最早记载向日葵的文献出自明人王象晋之手。其所著《群芳谱》中还没有“向日葵”一名的记录，只有“丈菊”：“丈菊一名西番菊，一名迎阳花。茎长丈余，干坚粗如竹，叶类麻，多直生，虽有傍枝，只生一花，大如盘盂，单瓣色黄，心皆作窠如蜂房状。至秋渐紫黑而坚，取其子中之，甚易生，花有毒，能堕胎”。“向日”之名，见于文震亨《长物志》。但王象晋已经说得很明白了，“迎阳花”和“向日葵”很相近了。如果就叫迎阳花，也是不错的。

有一年夏天我到宁夏去玩，看到一大片向日葵，才知道向日葵是可以大片种植的。同时，我又想起苏童的小说，那个身穿向日葵图案连衣裙的女孩，她还在葵花地里吗？

何首乌

有滨海朋友来玩，给我捎来半蛇皮袋何首乌。

何首乌是第一次见到，以为多么“俊俏”，原来这样不起眼，像山药，又像山芋，平平常常，我把它冷落在厨房一角，没当回事。

过两天想起来，怎么处理它呢？吃吧，感觉无从下口，也像吃山芋那样，削去皮，剁成块状，加水煮吗？或者像山药那样，要精细一点吃？给滨海朋友发去短信，咨询一下。很快收到朋友的回复，告之详细的做法。照方操作，我先做了顿“首乌粥”——选几根何首乌，洗净，切成段，放入砂锅中，加水煎，去渣，取汁，然后加入几颗大红枣和两把糯米一起煮，煮开后再用文火熬成粥。加点红糖，趁热吃一小碗，香甜可口，舒心润肺，真是好吃。

思忖着，想起在饭馆里吃过的首乌鸡煲，摸索着也做了一次，居然成功了。

说来也巧，在墟沟一家不起眼的小店里，看到卖盒装的何首乌，不是论个论斤，而是加工成粉，就像连云港特产葛藤粉那样。趁着对何首乌刚有的一点点了解，我也买了一盒，回家开始研究起何首乌来，居然还有不少心得。

心得之一是知道了何首乌的来历。据《药食传奇》介绍：何首乌本名“夜交藤”。据传，有一个叫田儿的人，体弱多病，不能生育，已经五十八岁了还没有成家，于是便拜师住进了深山老林。有一天，他看到两株藤本植物，相距三尺多，忽然相交在一起，“久而始解，解后又交”。田儿大为惊异，就连根挖回家，问了许多人，竟没有人能够认识这种植物。这时，有一位老者告诉他，你年老无子，这可能是天赐的神药吧。田儿就将所挖之根捣成碎末，每天空腹以酒送服一钱，一年后，所患诸病均痊愈，原已花白的头发也变得乌黑发亮，便娶妻生子，十年之内，生了好几个孩子。为纪念此事，田儿便将名字改叫能嗣。后来，能嗣又给孙子取名首乌，能嗣活了一百六十多岁，首乌活了一百三十多岁。夜交藤因此而名声大振，村民们都来找何首乌讨药，一来二去的，何首乌就成了夜交藤的代名词了。这只是传说，不可全信。但何首乌在民间的声誉的确很好，和人参、灵芝、冬虫夏草并称为中草药中的“四大仙草”。

李时珍的《本草纲目》对何首乌有详细记载：“何首乌，足厥阴，少阴药也，白者入气分，赤者入血分，肾主闭藏，肝主流泄，此物气温，味苦涩。苦补肾，温补肝，能收敛精气。所以能养血益肝，固精益肾，健筋骨，乌鬓发，为滋补良药。”这已经将何首乌功效说得很清楚了。对此，对于先前被我冷落的半口袋何首乌，我颇觉得有些对不住。不过，我已经探索出何首乌的多种吃法了，“首乌粥”“首乌鸡”成了我那几天的拿手饭菜，我还发明了“首乌丹蜜饮”，做法是先将何首乌和丹参适量，煎成汤，加适量蜂蜜，趁热慢饮，甜而不腻，涩而不苦，喝完后，神清气爽，特别是午睡起来喝一碗，一下午工作都特别有精神。

鲁迅先生《朝花夕拾》里的名篇《从百草园到三味书屋》有关于何首乌的一段：“何首乌藤和木莲藤缠络着，

木莲有莲房一般的果实，何首乌有臃肿的根。有人说，何首乌根是有像人形的，吃了便可以成仙，我于是常常拔它起来，牵连不断地拔起来，也曾因此弄坏了泥墙，却从来没有见过有一块根像人样。”

其实，花果山也盛产何首乌。清代《云台山志》在“物产·药属”项下，列有“何首乌，有赤白二种”。经连云港植物学家吴舟考证，赤的是蓼科植物何首乌，白的是飞来鹤。花果山一武姓山民，曾在野地里挖出一个特大何首乌来，鲜重达2500克，呈圆球形，直径21厘米，表面不平，赤褐色。据推测，这个何首乌至少有60岁以上。这是否就是鲁迅先生说的“吃了便可以成仙”的何首乌呢？

榆　钱

原来我们不知道，最常见的老榆树，其实是个宝。

《救荒本草》卷六云：“榆钱煮糜羹食，佳，但令人多睡。”《神农本草经》云：“榆皮主大小便不通，利水道，除邪气。久服轻身不饥，其实尤良。”《救荒本草》“榆钱树”：“《本草》有榆皮。一名零榆。生颍川山谷秦州，今处处有之。其木高大。春时未生枝叶，其枝条间，先生榆荚，形状似钱而薄小，色白，俗呼为榆钱。落后生叶，似山茱萸，长尖，润泽。榆皮味甘，性平，无毒。”

榆钱和榆叶，我是不陌生的。小时候爬墙上树，常做的一件事就是爬到榆树上捋榆钱、打榆叶。刚过春节不久，榆树的枝条上就开始鼓芽了，那芽赫红色的，像小圆球，有绿豆粒那么大，密密地布满枝条。几场春风过后，榆钱就放绿了，整个枝条非常葱翠。村里的孩子们争先恐后地爬到树上，捋下榆钱，直接塞到嘴里吃，新鲜，水甜，满嘴的榆钱味。有贪嘴的孩子会躲在树上吃个饱。家里的大人都不让孩子吃太多的榆钱，说那东西会胀肚子，吃多了不舒服。但是一个冬天没有尝过一口鲜果，没有吃过一棵蔬菜，突然碰到绿色，哪里还顾得上胀肚子啊，人人吃得牙齿发绿。猛吃过后，孩子们开始捋榆钱了，每人的裤腰带上系一根绳子，绳子上吊着一只篮子，爬到高大的树上，找一个枝丫坐好，再把篮子提上来，挂在树枝上，不消几把，就捋满一篮子榆钱了。用绳子小心地把榆钱放到地上，哧溜从树上滑下来，拎着篮子往家里跑。大人们一般不会拂了孩子们的好意，都会从菜园里拔棵葱，切几粒葱花，再从屋檐下的红辣椒串上扯下几个干辣椒，切成丝，加上油盐，把榆钱放在锅里炒熟了，当小菜就饭吃。不过一般只吃一顿两顿。大人们说，吃不起。吃不起不是因为榆钱值钱，榆钱到处都是，不用花一分钱，关键是炒榆钱耗油多。榆钱有十天左右的生长期，要是天天炒榆钱，家家锅屋里的豆油瓶恐怕都会见了底。不吃炒榆钱不要紧，孩子们照样天天爬树，把捋下来的榆钱倒进猪圈里喂猪。

榆钱很快就老了，风一吹，飘得满院子都是，院子的水缸里，常常漂着一层白色的榆钱。这些榆钱被吹到墙根或篱笆边，来年春天会生出一溜小榆树来。

古人也是常拿榆钱来说事的。曹植在《赠白马王彪》诗中云："人生处一世，去若朝露晞。年在桑榆间，影响不能追。"南朝人刘铄，也有"愿垂薄暮景，照妾桑榆时"的诗句，可见远在古时，桑榆暮影的感叹也是让人伤怀的。唐人施肩吾，写过一首《戏咏榆荚》，诗云：

风吹榆钱落如雨，
绕林绕屋来不住。
知尔不堪还酒家，
漫教夷甫无行处。

诗中的夷甫，是西晋大臣王衍的字，曾任中书令等要职，喜欢谈《老》《庄》，后被石勒俘虏，他劝石勒称帝，以图苟活，但后来还是被杀了。刘义庆《世说新语·规箴》里说："王夷甫雅尚玄远，常嫉其妇贪浊，口未尝言'钱'字。妇欲试之，令婢以钱绕床不得行。夷甫晨起，见钱阂行，呼婢曰：'举却阿堵物。'""阿堵物"就是"什么东西"，后来也被喻作钱。了解了这个典故，就不难理解这首诗的意思了——风吹榆钱满天飘扬，落地如雨，房前屋后和树林里到处都是。这些榆钱虽然也是"钱"，但不能用来打酒喝。不过因为到处都是"钱"，却使王夷甫没法走路了。

清人敦诚所著《四松堂集》里，也收有一首关于榆钱的诗，颇有风趣，诗曰：

自下盐梅入碧鲜，
榆风吹散晚厨烟。
持杯戏向山妻说，
一箸真成食万钱。

文人以榆钱作诗，老百姓却是将其做救荒的粮食的。榆钱和稍后长成的榆叶一起，可以帮助穷人家度过春荒。

旧时，穷人家不易取儿媳妇，女儿也轻易不嫁，媒婆如果要说合两家联姻，女方最好的办法是悄悄到对方家查看一下有几棵榆树，如果房前、屋后、院子里，有三五株大榆树，那么这门亲事多半成了，反之，免谈。究其原因，女方家认为女儿嫁过去，不至于在春荒年景时饿死，好歹还有一口榆钱保命。此外，榆树也可当作凤凰树，带来好运。

据说，三月里采下的榆钱，晒干后可以藏到冬天，做酿酒的材料，如果煮熟晒干，还可以做榆仁酱。现代著名作家端木蕻良在《东北风味》里记载他家乡东北用榆钱荚做的羹："母亲把成熟榆钱儿集拢来晒干，放在簸箕里搓去干瓣，仅留榆钱心儿，放在锅里炒黄后碾碎，放水调匀，煮成羹，加盐或加糖。味道比桂林的芝麻糊则有过之而无不及。"在李时珍的《本草纲目》里，榆树的荚、叶、皮、酱，就成一味药了。叶，主治水肿，利小便，煎汁可治酒渣鼻子，和酸枣仁混合兑上蜜糖，可治胆热虚劳失眠。荚仁，做成细羹来吃，有催眠作用。白皮，可治肠胃邪热气，消肿，又治小儿头疮，捣汁，可敷癣疮。子酱，主治食欲不振，可驱各种寄生虫。

由于全国各地都有榆树，特介绍两道汤羹的做法，供大家参考。

榆钱汤：把榆钱洗净，去除杂质，放入水中煮沸，搅进鸡蛋白，洒进少许香油和味精。盛入碗中，白绿相间，十分悦目，闻之清香，食之滑润可口。

榆钱羹：把榆钱与玉米面或小麦面和食盐放在一起加水搅成糊状。锅里水烧开后，将其徐徐倒入锅中，边倒边用筷子在锅里按一个方向搅动，等水再次煮沸即可停火食之。

洋槐花

说实话，有关吃喝的文字，我还是比较喜欢的，特别是那些民间的吃食，总会跟着文字回到少年，回到久违的乡村。

前一阵我在报纸上发表了一篇《榆钱》，编辑王成章先生觉得还有些趣味，并且相约春天一定要吃一回。我大包大揽，从原材料到制作都由我来操办，同时还承诺，等到洋槐花下来时，我再炒一盘洋槐花。

关于炒菜，我还是有些心得的，虽然只能算是参加家务劳动。就好比有人平时喜欢打乒乓球，还代表单位参加比赛，得了个什么奖，但和参加全运会毕竟是两回事，没必要到处吹嘘，道理是一样的。炒榆钱、炒槐花虽然好吃，但也不是什么特色菜，终究是上不得台面的。

春天里，捋过了榆钱，打过了榆叶，紧接着就是打洋槐花了。洋槐花可不是北京槐的槐花，北京槐在我们家乡称“本槐”，那种槐花只可做药，不能鲜吃。当年我父亲在废品收购站工作的时候，曾经代县药材公司收购过，采收是在花蕾时期，开花就不值钱了。我这里说的洋槐，我们家乡统称“割针树”，缘由大约是树上分布着一根根尖锐的刺吧。为什么叫“洋槐”，不得而知，总不会和“洋车”“洋布”“洋油”“洋面瓷盆”一样从外国引进的吧？是和“本槐”区别而叫“洋槐”也未可知。

洋槐花开在三、四月间，一嘟噜一嘟噜，白色的，很多，花期有十五天左右。我们村后有一条淮沭新河，河堤上就栽着成片的洋槐树，每年春天，洋槐花开的时候，就有养蜂人来赶花，他们都是“江南人”，人很清秀的样子，在林子里摆开一只只蜂箱，在蜂箱中间支一顶帐篷。我们对蜂箱好奇，对帐篷好奇，对“江南人”也好奇。他们戴着像钢盔一样的安全帽，帽子上还用纱布帘子蒙住脸，在“嗡嗡”的蜂群里工作。胆大的孩子，捉一只蜜蜂，拔下屁股上的针刺，挤它的蜜吃。那蜜便是槐花蜜。我没吃过，不知道什么味。

捋洋槐花，可没有捋榆钱省事。洋槐树有刺，谁都不敢往上爬，扎在手里，扎在脚上，那可是钻心疼。如果把衣服划坏，少不了还要挨大人一顿好揍。最好的办法有两种：一种是在一根竹竿或细长的木棍上，绑上镰刀，把洋槐花割下来；还有一种比较野蛮，用同样的方法，把镰刀换成一根“Y”形的结实的树枝，把洋槐花绞下来。多半是洋槐的嫩树枝和槐花一起落到地上。

洋槐花比榆钱更甜，因此孩子们也更喜欢捋，常常是一筐一筐地往家背。细心的主妇们会将洋槐花用开水烫过，晒成干，保存起来，过年时，放上猪油蒸包子。有人说好吃，甜。有人说不好吃，绵。

别看洋槐花的花期只有两星期，采摘时也是有讲究的，含苞欲放的别采，吃到嘴里是涩的，有点苦；盛开后的花瓣也不好，吃在嘴里是瘪的，没水分；只有那些半开不开、羞羞答答的槐花最可口，汁液多，香气足，真正是鲜美多汁。

我国不少地区有蒸食洋槐花的习惯，就是把新鲜的洋槐花洗净，撒上面粉，可蒸槐花糕；再和上鸡蛋，能烙槐花饼；用开水汆一下，加上白糖也可以凉拌。把槐花放进小罐里，一层花一层糖地铺进去，挤压得满满的，盖紧，几天后便可酿成槐花饯。取出一勺放杯里，用开水一冲，喝到口中甜丝丝的，回味无穷。不过这些好吃的我都没有品尝过。倒是听说洋槐花还是一味良药，它含芦丁、槲皮素、槐花二醇、维生素A等物质，具有改善毛细血管的功能。晒干了的槐花，也可泡茶饮用，健胃止渴，润肺明目。

有一年秋天我和一班文友在南城镇政府食堂吃饭，席间上来一盘小点，镇长要点“小滑头”，让客人们先吃，并要求猜出是什么馅儿，猜不到罚酒三杯。尝完之后，有人说是山马菜，有人说是海英菜，更有离谱的说是黄花菜。我尝完之后，心里有了底，这不就是小时候经常吃的槐花干嘛。我说出谜底之后，他们都大吃一惊，说从未吃过这玩意儿。镇长对他们比画了半天，他们仍是不知所云，只好自罚三杯。我猜对了，也被“奖励”了一杯。

洋槐花开在春天里，想吃的朋友们，可别误了花期。

野山楂

一

放学的乡间土路上，看到一堆药渣，黑黑的一堆，远远望去，像是一堆多余的土。有一个孩子，在那堆“土”里寻找着什么。

二十世纪七十年代的乡间，这样的药渣在村庄人家的院门口、巷子里、村道上，可以说随处可见。

我们那儿有个风俗，病人吃中药熬过的药渣，要倒在路上让人踩踏，什么寓意，不得而知——药渣没什么好说的，是药渣的内容，让许多小朋友好奇。有的根据其形状，铲下树皮，折几根树枝或树叶，采一把黑丑种子和知了壳，装模作样地做几味“中药”；有的就奇怪了，居然捡拾药渣吃——最好吃的药渣要数山楂了，做药引子的山楂，切成了片子，虽然被水熬过三四次，还能看出是山楂的模样，嚼在嘴里，居然还有余酸。

记得邻居三老爹是做杂货生意的，家里不断有山楂出售，那些偷吃过中药渣里山楂片的孩子，会用捡破烂的钱，花一毛两毛钱买上三颗五颗，揣在怀里，不时地拿出来一颗，扔到嘴里，很馋人地吃。说起来奇怪，我小时候盲目崇拜，一段时间崇拜知青们散步，一段时间又崇拜拾粪的老人，还有一段时间崇拜毛驴车队的赶车人。而曾有段时间，我崇拜（或羡慕）两个人，一个是三老爹的孙女，她跟我年龄相仿，跟我们一起玩砸牌、踢瓦时，常常从什么地方摸出一颗黑红黑红的山楂来，放到嘴里。她也不嚼碎了吃，而是先含着，让腮帮上鼓起一个圆球来。腮帮上的圆球也会动的，从左边滑到右边，从右边滑到左边。我嘴里顿时生出许多口水。但我不好意思跟她要一颗来吃，虽然我满心想吃。另外一个，就是捡中药渣吃的大朋。有一次他居然有一小把山楂片，而且是干的。我问他是哪来的，他说捡的。大朋看我眼睛盯着他的手，赶快把手藏到背后。我真想跟他要一片吃。

二

还是来说说我家院子里的山楂树吧。

山楂树紧靠墙壁，植株矮小，枝叶也不茂盛，干干巴巴的，一眼望过去，一副病恹恹的模样。在它背后，是一棵葱葱旺旺的大柿树，叶子油亮、肥厚，大而浓绿。两相对照，小山楂树像是受到了不公正的待遇。其实，这棵从山上移下来的野山楂，祖母对它很好，培土、剪枝、施肥、浇水，还常常拄着棍，站在它身边跟它说话，用语言温暖它，用眼神爱抚它。我曾在一天傍晚时分，听到祖母自言自语地说，这么小，什么时候才能结果啊。小山楂树听了，叶子耷拉着，有些羞愧，好像作为一棵树，这样的表现真对不起祖母似的。那天的夕阳格外红，大柿树、小山楂树和祖母，在夕阳中十分祥和，也十分静美。

来年春天，小山楂树的精神面貌丝毫没有好转，叶芽也比它身边的树迟发了好几天。祖母给它喷些清水，又用草灰喂了根，培了新土，费了不少心思。过了些天，依然如故。祖母久久看着它，叹了口气。

但是，山楂树还是开花了，而且一开就势不可当，开了满树，那些干巴枯瘦的叶子被映衬得越发寒碜，越发没有神采了。祖母看到开花满树的小山楂，又担起心来，这么多啊，去年还一朵没开，今年就像落了一场雪，能结果吗？不久之后，山楂树不但结果了，还像花儿一样结那么多，一个一个绿绿的小球球，紧紧挨在一起，真是喜人啊！

祖母乐了。

但是，八十四岁的祖母却在没有任何征兆的情况下摔了一跤，然后便一病不起。也许祖母太老了，也许那一跤太重了，祖母开始卧床。那时候，山楂树的果实挂满枝头，一个一个有模有样。祖母躺在床上，她已经吃不动任何食物了，几天粒米未进，滴水没喝。但是，她还是对我们说，今年能吃上山楂了，给我留一些，等我病好了也尝一颗。祖母终究没有熬过一九八五年的麦收，老人家在提刀收麦的前两天，安静地走完了人生之路。

那年的山楂树出奇地丰收，树枝都被累弯了，摘下来的果实居然有一笆斗。

三

花果山上有许多野生的山楂树，藏在杂乱的灌木林中，如果不是秋天结了红红的果子，真是看不出它的存在。

有一次，深秋了，树上的叶子落得差不多了，只有一两片零星的黄叶在秃秃的枝条上，既孤寂又落寞。我和朋友们爬山，翻过一座险峰后，猛一抬眼，看到一丛荆棘林中，一棵矮树上开满了红红的花，那是经过霜打的红，红得透亮，红得耀眼，细看，原来是一树的红山楂。眼看着近在咫尺的野果，禁不住满口生津，仿佛空气中也飘着甜甜的山楂味。同行有几个年轻的女性，惊叫着试图冲过去，怎奈荆棘丛深，尖刺密布，女孩们望而却步了。有勇敢的男生用棍棒砸开一条小道，采了一书包来。没想到这些野山楂看着好看，入口却出奇地酸，只好可惜地扔了。

路上的话题自然离不开野山楂。一位女孩讲了“虫沙”的故事。她问我们什么叫虫沙，大家摇头。她说虫沙就是野山楂叶子上的虫子拉的屎，这种虫屎就叫虫沙，用虫屎泡的茶就叫虫沙茶。她告诉我们，在过去，虫沙茶可是一味治肚子疼的良药。

那么虫沙茶是怎么做的呢？这也是要有讲究的。首先，要在春天时，上山采摘野山楂的嫩叶，回家后洗净，置于阳光下晒干。把这些晒干的野山楂叶放进一只灰色的瓦罐中，时间长了，瓦罐里面就会生出很多小小的虫子。这些小虫子住在瓦罐中，不见阳光，不见天日，吃着野山楂叶，过着舒适的日子。它们的排泄物，呈细颗粒状，像沙子，这就是虫沙了。虫沙虽是虫屎，在山民们的心目中却是一宝，有着奇妙的药用价值。如果遇到胃疼胀满或者是消化不良，只需要取少量的虫沙煮上一碗水喝下，立马病除。

古人望梅能止渴，我们一路上关于野山楂的话题，居然也收获了意想不到的知识。

菟丝子

从小像根针，长大缠豆身。

吸了别个血，养了自家身。

这是我们小时候唱给菟丝子听的儿歌，好像有些奚落它的意思。菟丝子系一年生寄生草本，无叶，一开始钻出泥土，像一条条细细的小白蛇，那白须在空中画圈，作探索性环绕，扭扭曲曲地爬到植物上。要不了两天，它就变成金黄色了，像丝绒一样缠绕着它攀附的植物，并且脱离土壤，依赖它茎上的吸盘，侵入被缠绕植物的体内，窃取养分得以生长。而被它攀附的植物，大都是大豆。事实上也只有大豆田里的菟丝子最多，别的庄稼地里不常见到。

菟丝子好像过街的老鼠，人人喊打——拔除菟丝子是很费力的劳动，大多是用镰刀连同它攀附的植物一同砍掉。大豆田里的菟丝子尤其多，蔓延十分迅速，如不抓紧灭除，能使整片的大豆枯萎发黄。如果被它全部侵占了，最后颗粒不收都是有可能的。但总不能把大豆全都砍掉吧，因此就派生一种活，叫“逮菟丝”。逮菟丝都是我们小孩子干的。放学以后，太阳还有竹竿高时，每人背着花篮（芦苇编的），在豆田里一字排开，见到菟丝子，都要俯下身子，仔细地把它从豆苗上一点点摘下来，装进花篮里，由记工员过秤，一斤菟丝子可挣一个工分。

菟丝子虽然对农作物有百害而无一利，但它的种子却是好东西，是常用而紧俏的中药。紧俏，可能就是因为野生的菟丝还不及长大成熟就被“逮”光了吧。而常用，是因为它有补肾固精、养肝明目等功效，是一种良好的滋养强身药，因此，《神农本草经》将其列为上品，说它“补不足，益气力，肥健人，久服明目，轻身延年。”《中国药膳大典》有“菟丝子饮”，制作方法是：菟丝子10克，红糖适量，将菟丝子洗净，捣碎，布包，置茶杯内，沸水冲泡取汁，调入红糖，当茶服用，功效如前所述。

《诗经》里有一首《桑中》，有句曰：“爰采唐矣？沬之乡矣。云谁之思？美孟姜矣。”这里的“唐”，即是菟丝子。深圳一石先生在其《美人如诗草木如织》中对菟丝子有这样抒情的描写：

> 它绕枝附生在胡麻、花生和大豆等植物的嫩茎上，来展开自己生命的画卷。一棵菟丝子，金色鳞片枝上，夏秋时开细微乳白的碎花，秋里结出百万的子来。这个看似微小的生命，在对抗自然法则时显示出它的强韧力量来。肆意生长的菟丝子和人想征服自然的姿态很像，具有吞噬自然里与之相关的一切的自杀效果。如果经合适的控制，适宜地在自然里成长，菟丝子就会成为我们玉瓷杯里的清茶，温白酒窖里的浸泡物，家常饭桌上和鸡肝一起熬制的美味汤，中药木匣里的一味救世草。在各个生命独立成长的雨露下，吸附和寄生的艺术，该是菟丝子在自然世界里展示给人的关于幸福的一点缠绕的艺术吧。

深圳一石先生的文字很美，但对于菟丝子还是过于粉饰了，它毕竟是牺牲了别种植物的生命而换来自己的生存。

栝　楼

村东小河边上的金山家，种着许多栝楼。门前搭着很大的架子，栝楼的秧子藤藤蔓蔓地爬到架子上，遮住了太阳。夏天，金山把小桌子搬出来，放在栝楼架子底下，一家子围着小桌子吃饭。金山家祖上行过医，不知从哪一代失传了。但是，他家屋后林子里、东屋山头的河坡上，还有门口的空地，都残存着许多栝楼的根须，每到春天，这些根须就从地下冒出来，几场雨水过后，就很有规模地生长起来了。到了秋天，架子底下挂着许多青的、黄的、橙的椭圆形栝楼，走在栝楼架下，不小心会碰着头。金山家人口多，生活不富裕，房前屋后的栝楼，救了他家的急。记得他侄子三芹和我年龄相仿，每年冬天来临之前，他都有一双新黄帮鞋穿，那是金山卖栝楼皮钱买的，而且不是三芹一个人穿新鞋，是兄弟姐妹每人一双。一连多少年了，在霜降过后，我都会看到，金山家门口的猪圈上、晾衣绳上、软床上，挂着、晒着的都是橙黄色的栝楼皮，那种清甜的药香味，能香飘半个村。我经常看到已经略微佝偻腰身的金山，在栝楼架下忙活，或剖栝楼，或翻晒栝楼皮，或筛栝楼籽。

我们小时候调皮，常在夜晚躲猫猫，金山家的栝楼架是躲猫猫的好地方，不易被捉到，可同时也会扯乱他家的栝楼秧。因此，我们常常是刚躲好了，还没等对方找，就被金山给揪了出来。金山不打我们也不骂我们，只是拎着我们的胳膊，把我们送出来，关照道，这是栝楼，我的栝楼，别伤害我栝楼。

去年深秋，我回乡下老家小住。村上的青壮年都外出打工或干事业了，只有一些老人和孩子。一个阳光很强的中午我在村上闲逛，不觉就走到金山家门口。金山已经去世多年了，他的子女好像都有出息，没有一个在家务农。因此，他家的老房子没人打理，塌了一个角，屋后、门口、河边，生长着许多杂树和蒿草，一派荒凉。在杂树和蒿草丛中，能看到细细瘦瘦的栝楼秧子，压在杂树的枝梢上，照例的藤藤蔓蔓。这些栝楼秧子大部分都干枯了，只有树下暂时躲过严霜的还有一些青色的叶子。还能看到栝楼吗？我一边穿过杂树枯草一边想。当年，这些栝楼可是金山家的小金库啊。蓦然地，在几棵杂树下，在一团枯萎的栝楼秧下，我看到一枚栝楼，它不是金黄也不是橙红的，而是枯褐色，皮上有许多深深的皱，而且只有一枚，吊在枯藤下，显得孤单而落寞。我试图碰它一下，手到半路又停住了。我担心它经不住我的轻轻触碰，担心它会掉落下来。我端详着这枚显然还没有成熟就已经干枯的栝楼，不知为什么，我想到了金山，如果他不离世，他会让这些栝楼荒废吗？

栝楼浑身都是宝，都可入药。它的皮叫天撤也叫三金匏，它的根叫天花粉，它的籽更是非同寻常，含大量不饱和脂肪酸、蛋白质以及十七种氨基酸和微量元素。

那天我在金山家的老宅踟蹰很久，直到黄昏来临时，才挖了一块根须带回。我把根须埋在我露台上的“百草园”里，来年春天它就发芽了。

栝楼是中国独有的植物，诗经里有一首《东山》，记录的就是栝楼。《毛诗序》云：“周公东征，三年而归。

劳归士，大夫美之，故作是诗也”。全诗四章，在诗的第二章，有句云：“我徂东山，慆慆不归。我来自东，零雨其濛。果赢之实，亦施于宇。”诗中所写的“果赢”，就是栝楼。《本草纲目》说：“栝楼，其根直下生，年久者长数尺，秋后掘者结实有粉，夏月掘者有筋无粉，不堪用。其实圆长，青时如瓜，黄时如熟柿，山家小儿亦食之。内有扁子，大如丝瓜子，壳色褐，仁色绿，多脂，作青气。”看来，那时候，乡民是把栝楼当着甜瓜来吃的。

元代诗人方回，曾在《读素问十六首》中，用栝楼的黄色来形容病人的面色：“病人有谷气，面黄无不瘳。黄不欲太明，如缟裹栝楼。”如此描写，还真形象。

清人王秉衡撰写的《重庆堂随笔》，刊于一八〇八年，全书以随笔形式，采录医著有关内容，结合个人临床经验予以阐论和发挥。其中有对栝楼的记述：“栝楼实，一名天瓜，故其根名天瓜粉，后世讹瓜为花，然相传已久，不可改矣。今药肆中名此为栝楼，以土瓜根子为栝楼，用者不可不审。土瓜，一名王瓜，即《月令》孟夏王瓜生是也，非蔬圃之黄瓜。蔬圃黄瓜，一名胡瓜，《随园食单》作王瓜者，误也！”

路边草

1.茇茇草

这种草的学名叫什么，我不知道，它生长在浅水里、岸边或潮湿多水的洼地里，路边也有，但长势不及潮湿的地方旺盛。茇茇草是圆茎，空心，没有枝，也没有叶，独秆一根，喜群生，一丛丛的。秋天里，草顶上开一朵白色的小花。

割草挑菜的孩子，喜欢在茇茇草丛里玩，追停在茇茇草尖上的黑蜻蜓和黑蝴蝶。这些蜻蜓和蝴蝶的身子小而瘦，油黑，鬼精，不易捉住。不知从哪里得到的印象，我们总认为黑蜻蜓和黑蝴蝶有一股子妖气，让人感到害怕，因此，要拿镰刀赶它们，可怎么也赶不走。

茇茇草的节很活，轻轻一拔，就分离了。

把数根粗壮的茇茇草，一节一节拔下来，拔一小堆，然后再一节一节装上去，接成长长的一枝，也是我们常玩的游戏，有人能接一两米长，有人能接两三米长，晃晃悠悠的，我们会比赛谁接得更长。

草地边上或路上，常有我们玩过的“残骸”。除此之外，没听说茇茇草还能有别的什么用处。

牛是不吃茇茇草的。猪也不吃。

2.五点草

五点草又叫五灯头草，乡村的孩子喜欢叫它肿点草。五点草全体光滑无毛，略带肉质，掐断后冒出许多白浆。茎通常由基部分枝，稍倾斜，下部呈紫红色，茎中、下部的叶子互生，倒卵形或匙形；顶端五叶轮生，其上有五个花枝排成伞状，每枝再分三小枝，每小枝又分出二三小枝，所以它像楼层一样节节高，在最顶端的小枝上顶着黄绿色小花。

五点草长在路边或河坡上，很多，夏天里，满眼都是。这种草，猪不吃，牛不吃，羊也不吃，可小兔子爱吃。谁家要是养一窝兔子，收工时都要在路边割几把回家，五点草是小兔子上好的饲料。

3.小鬼针

河沟里，到处都是砂砾疙瘩和海贝的化石，杂草遍布。我和玩伴们在杂草里捉草婆婆和蹬倒山，几趟跑过来，裤脚上便沾满了小鬼针。

淮沭新河的河堆上和河沟里，小鬼针特别多。这种鬼针草似乎很霸道，在草丛中欺负别的小草。在春天和初夏，它并不比别的草优越，混杂其间，也难见其身。可几场雨水过后，它便脱颖而出，伸出肩，旁出拐，把其他小草们盖在身下。小鬼针开黄色或白色小花，很是显目。也许是过于得风得露吧，它的果早早便就成熟了。果的上部，有针状的刺四五根。所谓小鬼针，就是指它了。

小鬼针粘在裤脚上，不容易摘下来。

我们哪有时间摘它啊。我们捉了好多只草婆婆，要烧了吃。可没有火柴。远处漂来白帆，行船的来了。我们跟船上人要了火石、火刀和一根火纸媒，打火，吹火，点燃了一把干草，然后再追上船家，把一套火具还给他们。

草婆婆烧熟了真香啊！

可是，当我们趟着晚露，回到家里，少不了要挨一顿打。因为我们又到河边了。我们裤脚上的小鬼针瞒不过大人。

小鬼针不仅欺负草，也欺负我们。

4.虾须草

“贴地而去，见缝扎根，一棵草蔓延开来，长了很多根，横的、竖的，一大片，而且非常顽强，拉扯不断。”这是汪曾祺先生形容的虾须草（他高邮老家那里称之为巴根草）。虾须草又叫下须草，是草里的“藤”，多长在路边，脚踏都不死。它的生命力顽强，多半原因是在它的每一节上都有无数根须扎在土里，这也是我们老家叫它虾须草的原因吧。

在我上班的路边，种上了草坪，据说是从外国进口的，修剪得确实不错，绿茵茵的，好看。间或也有杂草，我常看到园艺工人一棵一棵拔出来。

又一年，我看到草坪里生长出一棵虾须草来，走一段，又看到一棵。走了一个春天，一两千米长的草坪里，已经有无数棵虾须草了。我担心，园艺工人要拔它出来，要费一番工夫的。

因为单位改建大楼，我们临时搬了办公地点，这段路两年没走了。两年后的夏天，当我重新走在这段路上的时候，我惊异地发现，先前整齐、翠绿的草坪，居然被枝枝蔓蔓的虾须草取代了，在虾须草的缝隙里，偶尔还能看见一两根苍黄的须——这就是当年进口的人工培植的名草吗?

5.蓑衣草

如今，蓑衣草已经不多见了。如果老园叔还在世，他拿什么织蓑衣呢?

在门口的枣树下，那双苍老的手，灵巧地编织着蓑衣。

我家乡的蓑衣草不是南方的龙须草（也叫蓑衣草），也不及龙须草高。听说，龙须草能长到一米多高。我家乡的蓑衣草，我们叫关子，或水关、水关草。此草并不起眼，喜生在水中或洼地里，我们村的三前荡就有许多水关草。水关草一尺来高，茎是三角形的，茎上无叶，滑秃秃一根，只在梢头长几根线形的叶，叶丫里开小白花，花谢后长三只小球，那是水关草的籽了。老园叔在夏季里披着蓑衣，割来水关草，晾干后再水浸，再晾干，就可以编织蓑衣了。

有一种草叫“香附子”，很像水关草，不同之处是，香附子的叶和茎差不多高，根须匍匐，有暗黑色膨大的块茎，上有紫棕色毛须，能吃，味甘，并有些许甜味。此草也能代蓑衣草用。

老园叔每年都要织蓑衣。

他家门口有三棵枣树，老园叔就在枣树下织。是“七月半”前后了，一阵风来，枣子落在老园叔的蓑衣上。老园叔捡起枣子，看一眼，扔到嘴里，“吱咔”，声音脆响。

老园叔去世有十多年了，我再没见过村上还有谁在烈日下披着昔年的蓑衣下湖找水关草。水关草确实少了。也没听说谁还会织蓑衣。

民俗博物馆的墙上，还挂着一件蓑衣。

6.益母草

废品收购站的墙上，贴着彩色的宣传画，益母草长在画上，活灵活现的。于是，我知道了，我家南沟岸边缓坡上那片略有异味的草，是益母草。

晒干的益母草八分钱一斤。

我把南沟岸边的益母草割了，只晒了很小的一抱，这和县药材公司委托的二百斤相差甚远。

在炎热的暑假里，我挑着架筐，在田埂、河滩、渠堆上和树林里寻找着益母草。平时里，好像到处都有它的身影，可在我想割它的时候，它都躲到哪里了呢？它开着紫红色的小花，是开在腋里的，秋天会结褐色的小果，果为三棱形，很硬，叫茺蔚子，也是药。益母草矮而壮，宣传画上说它是“唇形科草本植物”，“夏季取全草，晒干供药用”。这是我第一次知道益母草还是药草，还能卖钱。

我把这个秘密藏在心里，对谁也不说。二百斤益母草，要卖十六块钱，是我父亲半个月的工资了。

整整一个夏天，我割了满满一板车益母草。我父亲是废品收购站站长，他把我的益母草捆好，每捆有我一抱粗，码在磅秤上称。堆得像小山一样的益母草只有九十来斤。我一点也不失望，九十斤，也是一笔大数目了。

至今，我还认得益母草。我非常喜欢益母草，它的名字很温馨，好听。

7.拉拉藤

说起拉拉藤，我至今还心有余悸。

我逃学的时候，躲在瓜园边的深沟里。这深沟，用来做瓜园的围墙。沟上，被一层墨绿色的拉拉藤盖得严严实实，密不透风。我和玉堂是钻进拉拉藤下，顺着深沟，爬到瓜地边的。我们把拉拉藤扒开一个小洞，伸出脑袋来。

瓜地中央，戴着一顶缺边草帽、披着褐色蓑衣的，是“瓜头”老长学，我们叫他“老瓜头”。“老瓜头”正在拔草。他脸向着我们。我们知道，如果他屁股向着我们时，我们就可以迅速窜进瓜地里，摘几只甜瓜，再钻进沟底，神不知鬼不觉地溜走了。

但是，“老瓜头”发现了我们。他突然就发现了我们。他大声喝道，小兔崽子，快滚！

我头一缩，腰一弯，拔腿就跑。

我的动作过于连贯了，或者说，我心里只是那么想的，事实上，身体动作并没有交代清楚，其结果，我的脖子叫拉拉藤缠上了。我拼命想挣脱拉拉藤。我就像被套住的一条狗，上蹿下跳地挣扎。还好，我终于缩进了沟底，匍匐着向一端爬去。

我的脖子上像戴上了一个红项圈，那是叫拉拉藤勒的，正火辣辣地疼。

拉拉藤别名就叫割人藤。

拉拉藤生长于荒野、路边、沟壑及瓦砾堆中，成片成片地蔓生，很有些气势。拉拉藤属于多年生草本植物，藤和叶柄上长着密密的倒刺，锋利无比，能轻易把手拉出一条血痕，而且它的叶子也呈锯齿状，两面都有粗糙的刺毛。拉拉藤也是开花的，白色的单瓣小白花，也倒有几分清丽。印象里，我常常受拉拉藤的害，无论是到沟嘴的枣树打枣，还是找泡端端吃，总会绊上它，脚脖子上每每是一条一条的红。

我讨厌拉拉藤。

稍大一点后，村上一个远房叔叔，把拉拉藤割了晒干后，一天煎三壶，早中晚各服一壶，据说用来治他的肾结石。

我对拉拉藤又刮目相看起来。

8.蛐蟮头

蛐蟮头，赣榆人叫铁锨头，学名叫什么，我不知道。称其为蛐蟮头是因为它的茎、叶和蛐蟮的颜色相近吗？

蛐蟮头是一种野菜，田边地垄随处可见，植株不大，一两尺高的也有，大多单株。

高粱、玉米地里的蛐蟮头最多，长得也好。我们割猪菜，最喜欢钻进高粱、玉米地里了，可以割到蛐蟮头，还可以找甜干和乌头吃。甜干，我们叫公棒子，植株细而红，发亮，不挂拐，像甘蔗一样甜；乌头，是高粱的菌，和高粱的穗差不多，没有火眼金睛，是分不清的。有时为了找到它们，常有高粱秆折断了，穗包被剥开来。看庄稼的老头最怕我们这些“小割草”钻进高粱地了，那是“定害人”，会追着我们跑。

邻居聋大奶，她家人口多，粮食老不够吃，聋大奶就在麦收前的春荒天里，带着大全丫到地垄田间掐蛐蟮头，一篮一篮地挎回家。摘去死叶，留下嫩头熬菜吃；梗和老叶，放在磨上推成糊糊，烙饼，烙出来的饼是青黄色的，水水的，很不好吃。如果在糊糊里加些粗粮，比如荞麦、高粱、小豌豆，那就是好饭了。不过，这样的好饭很少吃到。

9.狗屎球

狗屎球原来就是商陆。

说商陆大名鼎鼎，一点儿也不为过。中药学家陶弘景在《神农本草集注》中记录了它：“商陆，近道处处有，方家不甚干用。治水肿，切生根杂生鲤鱼煮作汤”。《唐书》记载有裴晋公除夕围炉守岁，哀叹自己年事已高，迨晓不寐，多次续添炉中的商陆火一事。宋人姜特立在《和刘建昌除夕有欠我饮屠苏之句》中，也提到了商陆火："商陆火添人独坐，沉檀香冷岁还徂。"清代的吴敬梓，在《丙辰除夕述怀》诗中，也有"商陆火添红，屠苏酒浮碧"之句。

三国时，曹操征战沙场，患了头风症，部下向其推荐名医华佗。曹操写了首药名谜，考华佗："胸中荷花兮，西湖秋英；晴空夜明兮，初入其境；长生不老兮，永世康宁；老娘获利兮，警惕家人；三十除五兮，函悉母病；芒种降雪兮，军营难混；接骨妙医兮，老实忠诚；黑发未白兮，大鹏凌空。"华佗看后，意会在心，提笔便写："穿心莲、杭菊花、满天星、生地、万年青、千年健、益母草、防己、商陆、当归、麦冬、苦参、续断、厚朴、首乌、远志。"三十除五，谜底商陆。

花果山上，这种长着一穗穗黑球球的藤草随处可见，开始不知道是什么，经山民指点，才知道叫狗屎球，就是商陆。这名字也怪，不像一株植物。不过就是这狗屎球，过去一段时间里，山上爱美的女孩子，会用它的浆汁涂在指甲上，很好看，确有胭脂的意味。清人东海居士这样记述："羲和步自汤谷，遇受伤玄鸟，命族人养而放之。玄鸟嘤嘤有声，绕飞三匝方去。翌年春，玄鸟衔种子而来。羲和命族人播种子于土中，须臾便生根、吐芽、开花、结果。观其叶如掌，根如山芋，花似杨柳，果如葡萄，色紫且艳丽。用其叶可饲羊，花可充饥，根可入药，果可做胭脂。羲和甚喜，美其名曰：胭脂草。尔后合族上下无不以胭脂梳妆为美为荣。脸用胭脂，手用胭脂，足用胭脂，指甲用胭脂，服装亦用胭脂矣。”

10.泡端端

废品收购站的后院里，有许多杂草和野菜，有的我连名字都叫不上。泡端端，我是一眼就认出来了。它是草里的“树”，团叶，长有很多枝杈，它的果实也叫泡端端，就长在杈枝里，像一个个小小的灯笼。

到了夏末，或者秋初，泡端端就可以吃了。剥开小灯笼的外衣，是一个圆形的小球。如果光滑透明呈微微金黄色，便熟透了，丢一颗在嘴里，甜里略带着酸。如果谁没有耐心，不等它熟透就摘下来吃，青涩，入口想吐，很不是味道。

泡端端的株叶不耐霜，往往第一场霜就枯了，这时候的泡端端最好吃了。

这几年市场上有卖人工培植的泡端端，似乎有一个好听的名字，叫什么，忘了。说是从东北过来的，个大，肉多，不好吃。不知怎的，什么东西，一到“人工”了，就不是那个味了。

有一种紫端端，不带灯笼似的外衣，也好吃。

紫端端和狗屎端端是两回事。狗屎端端学名叫龙葵，为传统药材，系茄科草本植物，我父亲说，能治牙痛。

我们割草的时候，不割泡端端，也不割紫端端，悄悄保护着，隔三岔五去看看，摘一把熟透的端端吃。

每个“小割草”的心里都有一两个这样的秘密，这样的念想。

11.喇叭瓜

喇叭瓜又叫腚头瓜。腚头瓜是什么瓜？听起来真是不雅。

喇叭瓜，又叫小喇叭或瓜蛋子，和野草混长在一起，结的“瓜”圆圆的，并不像喇叭。喇叭瓜天生长不大，只有拇指大小，瓜秧上结成了“串”，一个叶丫里一个。喇叭瓜要到成熟发黄了才能吃。皮薄薄的，除了皮，全是种子，什么味都没有，但闻起来很香。不好吃但好闻，这就是喇叭瓜的特色。

小时候有许多美好的记忆，吃喇叭瓜便是其中之一。

收割过的豆茬地里，会有许多喇叭瓜，大人们会在收工之后，一路上拾起来，或放在斗篷里，或用衣服兜着，带回家给孩子们解馋。稍大点的孩子会在黄豆地里自己寻来吃，在衣服上擦一下，扔到嘴里，“噗滋”一声，会喷出许多种子来。有时候，孩子们会专门互相喷着玩，喷了一身一脸，哈哈笑着。吃亏的自然要喷回来，讨巧地弓着腰逃。这一追一逃，田野里便留下欢乐的笑声。

有一回我在黄豆地里找到一棵喇叭瓜，长长的几根藤蔓上，挂满了喇叭瓜，有二三十个，青黄相间，煞是好看。我把它连秧拔起，带回家挂在院墙上，太阳一晒，就全熟了，金黄金黄的。

12.香附子

每到夏天，山前荡里就积了水。汪汪的一大片，一眼望不到边，深的地方可以淹到大腿，浅的地方也有脚面深。水里布满各种杂草，甚至还有蒲草。最“招摇”的，就是香附子了。其实，香附子是草的根茎，是一味中药。草的真实名字，叫莎草。

香附子的茎是三棱的，顶着复穗花，像一把小伞。它是我们喜欢割的草，一根一根，直直棱棱的，好割。割一挑草，在树荫下，就可拿它玩“滴滴请”的游戏了。这种游戏其实就是斗草。先选四根茎硬而直的香附子，两根一组，从空中落下，形成一个“井”形。如果不成“井”字，就算失败而轮到对方。如果是一个完好的“井”，拿一把香附子草，往“井”中间放，以不碰到“井”边为不犯规，能放多少草，对方就要输相应的草。

乡间的孩子玩斗草，由来已久。据《荆楚岁时记》云：“五月五日，谓之浴兰节。荆楚人并踏百草，又有斗百草之戏。”早在梁代之前，民间便有了斗草的风气。崔颢在《王家少妇》中这样描述：“舞爱前溪绿，歌怜子夜长。闲来斗百草，度日不成妆。”这少妇们斗草，以至云鬓散乱，和我们的斗草不知是否一样。白居易的《观儿戏》是这样的：“弄尘复斗草，尽日乐嬉嬉。”范成大在《四时田园杂兴六十首》有诗云：“青枝满地花狼藉，知是儿孙斗草来。”斗得何其酣烈。《镜花缘》和《红楼梦》中，都有斗草斗花的场景，足见到了明清时代，民间百姓斗草斗花依然盛行。

《本草纲目》对香附子有详细记载：“莎草如老韭叶而硬，光泽有剑脊棱，五、六月中抽一茎，三棱中空，茎端复出数叶，开青花成穗如黍，中有细子，其根有须，须下结子一、二枚，转相衍生，子上有细黑毛，大者如羊枣而两头尖。采得燎去毛，曝干货之。”

金银花

一

盐河边一户人家的铁栅栏上，爬着金银花，每根铁柱子上都缠绕着栗色的藤枝和墨绿色的叶子，连缝隙都没有。我几乎天天都要从那里经过，看到这面四季常青的“墙”，心里总是敬佩这户人家的细心。有了这片绿，铁栅栏不再单调，不再死板，不再冷冰冰，仿佛它也有了生命，仿佛那片绿色，就是从它身体里生长出来的。但是，很多时候，墨绿色的叶子上总是落着一层灰土，有些陈旧和落寞，只有新雨过后，它才显出生机来，不过也不招摇，不盎然，好几年——或许十多年了，它似乎没什么变化，没有更浓，也没有萎缩。盛夏时，从“墙”顶甩出的数根嫩条上，会开几朵白色或黄色的花朵，并不艳丽，却恰到好处，似乎那是它应尽的义务。有一天，居然也吸引一黄一绿两只蝴蝶来，在花蕊上停留，在藤叶间穿梭，这时的金银花，也跟着妩媚了。

二

一家酒店的大堂里，有株大约一米五高的大型盆景，细看，是一盆金银花。这是我第一次看到金银花做的盆景，一根很粗的充满沧桑的藤条，它在一根柱子上往复数次地缠绕，身体上岔出的几根拇指粗的藤条，同样被人为牵引后，或向上或向下地生长。我惊叹如此粗壮的金银花，怕是不下百岁吧。它的叶子蓬蓬的，又大又圆，相互簇拥着，抱成了团，绿而浓。粗心的人说不定还以为它是人造植物呢。不信你瞧，来了一位年轻的女清洁工，她手里提着一个红色塑料水桶，径直来到金银花前，用手里的抹布，一片一片地擦洗着金银花的叶子，那些嫩绿的叶子，更显水灵、鲜亮。我在离它不远的沙发上坐着，远远地看着它，也欣赏着它。想象它当初在山野里的生存状况，必定是自然的、生机勃勃的、无忧无虑的，但是，被移栽制作成盆景，它生活也一样很好，并且随人心愿地生长。

三

有那么一段时间，我经常在花果山南坡上攀爬，这里得风得露，林木和藤草都很茂盛。在进山的小道两侧，遍布着金银花，枝枝蔓蔓爬满山坡，在它遮蔽下的山溪，叮叮咚咚地穿过山岗，快乐无边。夏天里，金银花开花很勤，几乎每一根枝条上都会开出数朵，而且一开就不可收拾，不绝如缕，一层一层，先白后黄，黄白相映，色香俱佳。从它身边经过，情不自禁要嗅嗅鼻子，那香味甜中略有苦涩，却特别中人意。嗅嗅显然还不过瘾，总是要伸手摘几朵放在手心里，边走边闻。迎面下山的是几个山姑，衣着俏丽，或春绿色褂子洋红色头巾，或烟紫色裙子鹅黄色短衫，都挑着竹篾筐子，筐子里是刚采的新茶，走走停停，一边嬉笑，一边摘手边的金银花，那神情举止，仿佛不是在采花，而是在舞蹈。在一面山溪旁的小坡上，金银花开得正艳，有一个小少女，穿白裙紫衫，手里提一只碟子大的小竹筐，边哼歌边采花，像小蝴蝶一样。那小小的竹筐里，蓬蓬的金银花煞是喜人。我举起手中的相机，连拍数张，仿佛她甜美的歌声都留在了底片上。待上得山来，有几户白墙红瓦的人家，藏在高大的板栗树荫里，家家门前的石台上，都晾着金银花，浓郁的香味飘进鼻孔，弥久不散。

四

前年早春，我在书房阳台的一角，弄了一方土，从花果山移来一株金银花培植，如今已经藤是藤叶是叶地爬了两三米高。我早就听说过金银花在花卉中是“草根”派的，对自己没有特殊的要求，不娇气，不讲究，什么土质都能适应，而且习性康健，生命顽强，既耐寒又喜温，既耐旱又喜水，极易管理。你可以天天去观赏它，它牵藤挂蔓，茂盛生长；你也可以把它遗忘，它依然郁郁葱葱，放出绿色，开放鲜花。我有时在书房或小坐或闲读，不经意间抬起头，看到窗子拐角处，探出一枝绿叶，正向我张望，似乎在跟我问好。我也报以一笑。第二天，它又送来几朵素淡的小花，照例是不惊不动，却给书房添了些许风情。

五

金银花又叫忍冬——名字听起来好有意味，冬天有什么好忍的？其实这是根据植物特性来说的，金银花的叶子在秋末时陈年的老叶先枯落，在叶丫间又生新芽，冬天也能缓慢生长，故而才叫忍冬。金银花还有一个别名叫金银藤，但通常是连藤带花统称金银花。阴干的金银花可是一宝，用它泡茶，有清热解毒、消暑抗热的功效。我有一位朋友是中药师，每年夏天我都会从他那里买些上好的金银花冲茶，虽然入口味道有些苦涩，慢慢品咂之后，却又神清气爽。其实，金银花在古代就是一味解毒良药，《本草正》《金花药贴》《积善堂经验方》等古代典籍里均有记载。不过，金银花泡茶是要讲究点技巧的，就是一定要用沸水冲泡，盖焖十分钟左右。值得注意的是，从中药铺买回的金银花大都较为松软，如果你是外行，把它拿在大太阳里曝晒，味道就会大变。我今年喝的金银花，是我在山上花了两天时间亲自采的，阴干后，色泽晶莹。据山民朋友介绍，晾晒金银花时，千万不能用手翻，要用竹筷子，否则会变黑——反正我是照办了。

金银花的别名还有更有趣的，比如“左缠藤”，是根据其藤茎呈左旋缠绕攀缘而得名；还有“鸳鸯藤”或“鸳鸯草”，是因其花朵成双而生，金银两色，互相依偎。有一首题为《金银花》的诗：“天地氤氲夏日长，金银二宝结鸳鸯。山盟不与风霜改，处处同心岁岁香。”北宋诗人宋祁也描述过金银花的形态：“鸳鸯草，春叶晚生。其稚花在叶中，两两相向，如飞鸟对翔”。“翠花对生，甚似匹鸟，逼而视之，势若偕娇”。金人段克己，有一首《同封仲坚采鹭鸶藤因而成咏录寄家弟诚之兼简李卫二生》诗，是这样吟诵的：

有藤名鹭鸶，
天生匪人育。

金花间银蕊，

翠蔓自成簇。

六

关于金银花，据吴舟先生介绍，还有一段动人的传说：很久以前，花果山上住着一户人家，有两个双胞胎女儿，大女儿金花，小女儿银花。姐妹俩善良美丽，乐于助人，经常结伴进山采药。一年夏天，干旱大热，姐妹俩在采药时遇到一个老药农晕倒在山坡上，姐妹俩立即把他背回家中。上了年纪的爷爷一看就明白，老药农得的是热毒病，需要一种仙草才能医好。金花听爷爷说完，立即就上山采仙草去了。几天后，不见金花回来，而老药农的病也一点儿不见好转。焦急的银花每天都到后山等姐姐。不久，村里的猎人回来告诉银花，在一只死狼的尸体旁，发现金花的鞋子。银花听了，含泪告别年迈的爷爷和病重的药农，继续寻找仙药。一天，又累又饿的银花休息时，看到一只受伤的野兔正在吃一种野花，没多久，受伤的野兔立即欢蹦乱跳地跑进了草丛。银花就把这种野花采了一篓，日夜兼程赶到家里，用野花泡茶给老药农喝。老药农一连喝了几天，病渐渐好了，可银花却劳累过度离开了人间。老药农为了感谢和怀念金花、银花姐妹，就把金花的鞋子和银花合葬一处。第二年，在金花、银花的墓地上，开遍了黄色和白色的小花，说来奇怪，这正是银花采来治好老药农的野花。老药农深情地说，这就是金银花啊。从此，金银花的美名传扬天下。

银杏叶

一

说来有些夸张，银杏的落叶，居然如此静美，厚厚的一层，密密地铺在林间，和大地紧紧相拥。

风轻树静，天蓝如洗，黄色的落叶极其干净，让人禁不住屏息敛气，心里悄然盈满了沉静和从容。而对它的富丽和华贵，又禁不住生出敬仰之情。看着眼前的景象，真的不忍心走上去——确实没有人去踩踏。那些上山的游人或香客仿佛也被这一片铺张而平和的黄而感染，或绕道而行，或驻足而视。我看到他们的眼睛里充满了虔诚和膜拜。

这是十多年前花果山三元宫附近的一片银杏林，周围的山上依然翠竹青青，象征生命的绿色像血液一样流满山岗。尽管银杏的枝头已经赤条条光秃秃，可那落满一地的黄叶，却和整体的山绿相互交融，相互映照，一点儿也不觉得它的凄凉和苍茫，相反的，却有一种生命再生的壮美。

想到一句话，山河入梦，岁月静好。

二

北京大学西门内，外文楼和化学北楼中间的草坪上，相对地立着两块华表，在南华表附近，紧挨着路边，有一棵银杏树，一到秋天，树上长满了黄叶——是的，那满树的黄叶确实像刚刚萌生出来的新芽，黄得透明，黄得纯粹，黄得鲜嫩，没有一丝一毫的矫揉造作。二〇〇七年十一月，秋末冬初时节，我们这批“大”学生，住在号称北大第三招待所的邮电疗养院，每天到北大听课，无论是到红湖，还是光华楼，要有四次从银杏树下走过——其实这条路并非必经之路，但由于这棵银杏树的缘故，我总是自觉不自觉地想和它照面。

北大校园内有许多树种，有的我还是第一次见到，比如白皮松。但是这些稀有树种并没有引起我的注意，倒是这棵常见的银杏，和银杏树上的黄叶，给我留下深刻的印象。

春生秋落，是树叶的生长规律，可这棵银杏树上本该凋谢的叶子，却有着初生的美丽，我是无论如何没有想到的。这棵银杏的树龄并不久远，大约和北大的校龄相仿吧，树干却特别粗壮，树冠的直径大约有三四十米，每次从树下经过，都感到它的巨大。

那几日，北京的秋天干燥无风，北大校园里的树静而不动。有一次，我在银杏树下略作停留，仰望树枝上一动不动的叶子，觉得非常奇怪，枝条上的叶子密密匝匝，排列有序，枝和枝比肩摩挲，叶和叶相互簇拥，在秋霜的数次侵袭下，怎么不落一叶呢？按理说，这个季节，落叶，才是树木的常规，可银杏树的叶子，像相互约好了似的，没有一个先期掉落——干干净净的路面就是证明。那么，也许是时候不到吧？又过几日，班上来自苏南的几个女生说悄悄话："北京怎么还不冷呢？带来的羽绒服怕是要带回去了。"不巧，她们的话叫老天爷听到了，第二天气温骤降，风也在凌晨刮了起来。

早上，我们捂得严严实实地从西校门进入，路经银杏树时，眼前的景象让我异常吃惊，满树的黄叶开始一片片凋落——对，是一片一片的，它们决不一拥而下，像是按照事先设置的程序，一片叶子，从树枝上飘然而下，紧跟着，又是一片叶子，它们随着风势，悠悠忽忽，打着旋儿，落在路面上。平整的路上已经被黄叶覆盖，那黄比在树上顿生些许华丽。我看到树下有两架摄影机，镜头对着树冠。哦，那每一片离开树枝的叶子，都被准确地记录了下来，如果有慢镜头回放，它们飘落的姿态，一定和初生时一样生动。

待上午的课结束，我们再从树下经过时，整棵大树上，一片叶子都不存在了。

银杏树的黄叶，以集体的形式，告别了它们的母体。它们在坚守的时候，是那样齐心协力，在离开的时候，同样步调一致。

三

朋友相约到赣榆门河去吃银杏茶。银杏叶子能制茶，听说过，却一直没有机会品尝。

门河是赣榆一个小乡，盛产银杏，银杏制作的产品有不少种，银杏茶便是他们的一个招牌产品。我们一行数人，一下车，就被迎进接待室，看茶艺表演。

表演茶艺的是两个身着蓝色套装的少女，年龄也就在十八九岁，很熟练，一招一式，大约都是有来头和讲究的——由于我的喝茶属于粗犷一派，第一次看这种表演，也是雾里看花。待到茶端上来，一看色泽，是那种舒心的绿，很透，放在鼻子下一嗅，一股自然的清香直袭肺腑，入口品尝，似有些不适口。碍于情面，也不便多说什么，只是一味地赞好。临别时，自然是每人授赠了两盒。这两盒银杏茶是怎么处理的，我也忘记了，反正是没喝。虽然我知道银杏茶是用春天银杏的叶芽炒制的，并且常喝有降压降脂等功效，但由于口感过重，我还是敬而远之了。

从门河回来不久，我收到一篇稿件，署名八丹，是一篇写银杏茶的散文，文笔虽然稚嫩，却也表述得当，流畅自如。投稿者附了一封信，说她是表演银杏茶的其中的一个女孩，因为那次和作家见面，便萌生了创作的欲望。我对不上号，主观猜测，应该是那位鹅蛋脸吧。稿子发表不久之后，又收到署名八丹的稿子，这次不是一篇，而是两篇，一篇写家乡小景，一篇是人生感悟，文理都还通顺。只是稿子不是来自门河，而是来自苏州。作者在附信中做了说明，说她就是门河的八丹，现在到苏州打工了，对写作越来越有兴趣。此后，她便成了我的作者，后来知道她姓王。八丹投稿不算勤奋，但也不见中断，一年下来，会在我主持的副刊上发表几篇。

二〇〇六年我离开晚报，到文联从事专业创作，和以前的作者大都失去了联系。又过几年，有一天，我在晚报论坛的某个版块上闲逛，偶尔看到八丹发的帖子，自然是一篇散文。细读帖子，发现作者的文笔和几年前投稿的那个八丹极为近似，便顶了一帖，问她是否就是八年前门河表演银杏茶艺的八丹。她十分惊喜地回帖说，就是。还说正是因为那次为作家们表演茶艺，才使她迷恋上写作。如今，她在苏州新区的一家公司里做文秘工作，因为有了写作的基础，还算得心应手。她还问我是谁。我没有告诉她。我想即便是告诉她了，对多年前一个晚报编辑，她怕是也印象全无了吧。

四

二〇〇三年春天，我在盐河边的旧书摊上淘书。这些摊主大都和我相熟，有的还是朋友，有什么好书都会向我推荐。那天我在熟人的书摊上淘得几本小册子之后，正欲离开，一位李姓摊主大声地喊我过去，说新收一批外国小说，让我看看有没有可取的。我去看了，书的品相不差，而且都是美洲大陆的，有《胡安·鲁尔福全集》《百年孤独》《巴比伦彩票》《死屋，一号办公室》《酒吧长谈》等，这些书我大部分都有，《百年孤独》还有好几种，有的虽然没有，对作者也不陌生，如《巴比伦彩票》的作者博尔赫斯。我有些爱不释手，问了价格后，以平均每本不到五元钱的价格购得十余种，喜不自禁地回家了。

躺在阳台的竹榻上，一本一本翻看，发现这批书都有签名，知道原藏者叫李静，并吟有藏书印，印章非常简陋，和普通的私章无异。在《百年孤独》的扉页上，原藏者还用蓝墨水笔工整地签上“1995年购于青岛”的字样，从娟秀的字体看，我主观上认定原藏者应该是女性。正闲翻时，一片东西从书中滑落到我的怀里，我捡起一看，是一枚书签。这不是普通的纸质书签，它是树叶做的，准确地说，是一枚银杏叶子做的，银杏叶子的叶、柄完好无损。怎样把银杏叶子做成书签，我没有这方面的经验。仅就这枚书签而言，它天然、精致、小巧，造型也是经过精心选择的，压制得非常平整，原汁原味中，透出女孩子的纤细和敏感。我小心地捏着书签的长柄，想象着制作者对书的挚爱和热忱，想象着她阅读时，心随文字畅游，文随心情氤氲时的情景，想象着一个阅读者，伴着书香，心灵释放的纯粹，一种敬佩之情油然而生。阅读真是第一等的美事，“读书随处净土，闭门即是深山”，说的就是爱书人。读书人的思想境界。可惜了，是什么原因，让书的主人舍得将自己精心挑选的藏书和亲手制作的书签一同散失于旧书市呢？我不愿过多地推想，但私心以为，只要书签还在，书香就会延续。书香一脉，不绝如缕，代代流传。

五

双树标银杏，摩云敞碧明；

枝临八极远，根入九源深。

老态经寒暑，延年阅古今；

大材难售世，胜踪寄祇林。

这是明人顾乾《云台三十六景》里咏隔村崇善寺诗，曰《祇林银杏》。诗人在序引里称这两株银杏为“神树”。古人建寺庙，都要栽古树，银杏是他们的首选，因为银杏树是地球上最古老的树种之一，达尔文称之为“活化石”。

云台山大桅尖南坡上的悟道庵，如今虽已成废墟，四周一片荒凉，但山门前那两株树龄达一千三百余年的高大的银杏树却依然耸立于废庵的两侧。这两棵银杏树，每棵直径都达五米左右，显出一副沧桑之态。这样树龄在千年左右的古银杏，连云港共有二十八株，其中雌树有二十六株，雄树有两株，大都分布在寺庙附近，树龄都和建庙年代相近。云山乡白果树村有一株植于唐代的银杏树，树高二十余米，远看似一株，近看是五株连体，盘根错节，十分繁茂。花果山三元宫，也种有两株银杏树，一雄一雌，奇妙无比。

我所见过的最大的一棵银杏树，是在北京潭柘寺。在去时的车上，同伴就说，先有潭柘寺，后有北京城。意思是潭柘寺比北京城还古老。寺是晋代所建，迄今已有一千七百多年了。按照中国人建庙的传统，这棵银杏也有一千七百多岁。潭柘寺里这棵银杏，不但老干新枝，生长葱郁，在它的老根旁，更是生长出数枝手指粗的嫩条来，配上历年生长的数十根枝干，真是生机无穷，难怪有许多人在树前留影了。

别的植物有一科多种多属，只有银杏一科一属一种。这是因为，在第四纪冰期后，本目树种在世界上几乎绝灭，仅发现化石，而多年后在我国发现了它的踪影，这不能不说是奇迹。

六

二〇〇八年岁尾，我到泰兴参加“江苏省民间文艺家论坛”第八届年会，会议期间参观当地银杏园。银杏园位于宣保，在一条清洌的河边，南北足有四五里长，园里遍植银杏。我们参观时，同行的当地民俗学家给我讲了许多关于银杏的故事，还炫耀了他们开发的银杏食品，有银杏果晶、银杏奶茶、银杏咖啡、银杏茶叶，还有银杏酒。但是我们参观的时机不对，银杏叶子已经落尽。民俗学家很遗憾地说，要是提早一个多月来，能看到一大片黄灿灿的银杏叶，可以捡一些回去玩的。说罢，他边走边仰望树枝，似有一种伤感，仿佛落叶真应该等一等我们这些不速之客。我也抬起头来，看见疏散的条条树枝，确实有些刚刚遭受过劫难的样子，如果满树的黄叶还在，再映衬明净的蓝天，那柔和的色调里，必定包藏着安然和平静。我和民俗学家顺着林中的小道，不觉走到了河边。河很宽，青石护坡，水色碧青，潜意识里，总觉得河水有些异样，定睛一看，近岸的浅水里，原是厚厚的一层叶子，从形状看，那是银杏叶，已经被河水沤黑，开始腐烂。我和民俗学家驻足良久，一句话都没说。其实这没什么好伤感的，凋零和复生本身就是生命统一的交响。随着一声断裂，一柄黄叶离开了相伴一生的枝头，落向了轮回的大地，即便是落在河里，成为河泥，也同样和大地相融一体。据英国十九世纪博物学家汤姆孙说，每片树叶在将落之前，要将所有的糖分、叶绿等贵重成分退还给树身，之后才落在地上又化入土中，化成植物土壤，为后代提供养分。想起龚定盦的诗，真是“落红不是无情物”啊。

松

一

那一年春天，我二十出头，在一家火葬场干临时工。火葬场的院子很大，空地很多，为了利用这片空地，成立了一个园艺组，培植花卉苗木，一来可以绿化火葬场偌大的院落，二来也可以对外出售，改善一下火葬场职工的福利。

我们请来的园艺师是沭阳人，一个精干的小伙子，手艺很高。我跟他学会了苗木嫁接技术后，便在自家的院子里，尝试着嫁接了几株龙松。刚插时，是从一棵大树上剪下来的小枝，只有两三寸高，很弱的小苗，一排排插在平整的土里，把土踩结实了，不让透风，并保持土壤湿润。这样春天过去了，经过一个夏天，到了秋天，小苗甩出嫩黄的叶芽，也长高了，差不多成活了一半。到了第二年，按照园艺师的指点，我移株另栽了几棵，家里院子的大门口和堂屋门两边各栽一棵，用小树枝架了个三脚架来保护它。转眼间，几年过去了，我也早已离开了火葬场到别处谋生，小小的龙松居然长成了半人高。在我离开家乡最初的那几年里，龙松都是父亲照顾的。龙松是很娇的树种，又因为植株太矮小，怕人踩踏，怕人碰撞，怕干，也怕涝，父亲服侍他，是很用心的，比如在其周围圈起篱笆，比如给其松根，再培入土杂肥。我每次回家，父亲都要向我讲述龙松的生长情况。不过，因为院子里还种有苹果、山楂等别的果木，相互影响，生存环境并不顶好。最后，几株龙松也只大门里面的那一棵活了。这一棵龙松，就成为我那段园艺生涯唯一的见证，一直生长在我乡下老家的院子里。我父亲继续给它浇水、培土、剪枝，龙松已经有了“龙”的模样，其枝叶螺旋形向上生长，就像巨龙盘旋。有一次，父亲站在两三米高的龙松下，跟我说：“记得吧，这棵龙松，还是你二十多年前种的呢。”其实，我不过是栽下它的幼苗，其后的生长培育都倾注了父亲的心血。二〇〇六年一月十三日，七十六岁的父亲与世长辞。在为父亲守灵的那几天里，这棵龙松就在灵棚边上，高大而伟岸。我偶尔会抬起头来，看一眼父亲一手培植的龙松，禁不住心情激动，龙松有灵，也会和我一样黯然垂泪吗？我们都是父亲养大的孩子啊！说来奇怪，几个月以后，也就是这年的清明节，正当别的树木鼓芽放绿的时候，原本郁郁葱葱的龙松，却日渐萎靡，枯死在万木复苏的春天里。

二

一排状如宝塔的松树，生长在我上班的路边。它们葱葱郁郁，长势很不错，城市里来路不明的噪音和各种车辆的尾气丝毫奈何不了它们。

但是，有一天，这排树中的一棵倒下了，不是病害，不是虫害，而是被一辆汽车从身上碾压了过去。

倒下的树没有再爬起来。它身上有不少伤，根部那儿的皮被刮掉了，露出了一块白白的“肉”，“肉”上还渗出水来，也许是它流出的泪吧。几天以后，伤口变成了褐色。

原以为，会有人来管管这棵几乎是躺在地上的松树，把它扶正，重新培上土，让它好好地活着，让它继续调节城市的空气，吸收城市的灰尘。可是我天天从它身边路过，一直没有人来管它。

就这样，这棵躺在地上的树没有死，它活了一年，又活了一年，到现在还继续活着。它不是横着长的，横着只是为了活着。在它横着的那一面上，长出了一排排新的枝条。这些枝条是以树干为基地，成为一棵棵新的小树，它们齐刷刷地向着天空，向着有阳光的地方，以另一种姿势，表现着生命的坚韧和顽强。而原来的那些枝条，也都无一例外地翘起了枝梢，弯曲成九十度的形状，向着天空生长。

我真的惊奇于它的适应能力。

现在，这棵城市道旁的树还躺在那儿，它身上新长的“树”已经初具规模，有了丛林状。如果你了解这棵树从前的姿势，你会感怀很多，或许想对这棵树说点什么，或者心里油然升起一丝敬意。不过你什么不说也好，就让它以现有的姿态生长吧。它会和其他的道旁树一样，承担着自己的义务和责任，尽管它的形状和其他的道旁树是那么格格不入。

三

很多人都听说过花果山上有一棵美人松。不错，从一线天往西走，在崎岖的山道边上，有一棵枯死已久的大松树，这就是传说中美人松的“尸骨”了。从其干枯的枝干看，这美人松是并枝连根的，每一枝、每一干都呈S形曲曲弯弯拧着生长，就像少女婀娜的腰肢，丰盈而美好，如果加上个人的想象，能依稀看得出当年美人松的风姿。这棵松树死于一九七九年，是因保护不当而死。

花果山美人松，曾经是花果山的镇山之宝之一。二十世纪三十年代陇海铁路甫一通车，就印有一本《陇海沿线旅游指南》，书中收集了沿线主要城市的风景名胜，其封面照片就是花果山的美人松。如此一棵千年美松死了，每每想起，都让人唏嘘不已。有许多次，我陪外地朋友上花果山，都要绕道美人松而行，为的就是避免看到她，实在绕不过去了，我也从不停下来讲解。在我的心目中，宁愿她还活着。

和美人松相同命运的千年古松，花果山还有两棵：一棵号称“蟠龙丈人”的大松，死于崇拜者的香火（在树洞里烧香），另一棵小蟠龙松，死于八十年代的游人攀爬。这三棵松树，早在北宋时期就被誉为“三代遗物”“东海大松”，却无一例外地死于非命。悲哉！

四

和朋友一起去赣榆吴山玩。

吴山分大小吴山，山上植被很好，有松有竹，还有古迹遗存。朋友们有的去看竹，有的去访古探幽，只有我落了单，独自在山上看松树。从一个小山岗爬过，看到山北和山西的黑松林连成一片，很是惊奇——若干年前，离吴山不远的云台山上的大片黑松，被松毛虫吃得精光，没想到吴山的黑松还是如此葱郁和茂盛。

吴山我是知道的。若干年前我去过那里，有人用“壁千仞，深沟斗涧，严壑涵奇，松竹瀑布，风和日丽，鸟语花香，百草芬芳”等丽词妙语来形容。当地林业部门的朋友也曾开车带我去看竹，看神井，看仙人泉，在竹园深处一户老人的小石屋里喝过一碗山泉水泡的茶。那水是铁锅烧的，煮水的草也是山草，用这种水泡茶，有一种草熏味，甜得也纯粹，印象自然是美好的。但这一次，我没有跟随他们去欣赏那些所谓的人文景观，也没有到“十分幽雅，令人心旷神怡、流连忘返”的美景处勾留，而是独自一人，像一个探险家或者深入深山的药农般只身潜入黑松林，在林子里闲走、呼吸，不经意地东瞧一眼西望一眼。我深入的这片林子不大，松也称不上伟岸，从这一边到那一边能一眼望透。但这些松的安静和气定神闲还是感染了我，我的心也禁不住静了下来，仿佛远离了人世间的喧哗和躁动。行走间，和一只鸟不期而遇，鸟的个头有鸽子那么大，红尾绿翅，有白色的冠，十分俊俏，静静地立在树枝上，不惊不动，偶尔引颈长鸣，也是极普通的歌喉，不嘹亮也不婉转。我盯着它看，它也看我，仿佛在问：你是谁？从何处来？我当然也这样问它，不过只在心里——我不敢过多打搅它，我知道我的无故闯入已经无礼，已经破坏了它的安逸和闲适。我绕过它，继续在林中闲走。

不远处，也就是林子的边缘，我看到一间小石屋。小石屋也太小了，外表十分简陋，是用一些拳头大小的石块随便垒砌而成，也就一米多高，缝隙里有一两株干枯的草挂下来，更显得破败而苍凉。我慢慢靠近小石屋，闻到锅碗瓢盆的味道，还有说不上来的粪臭味。我怕惊扰屋子的主人，就像害怕惊扰林中鸟一样，小心地来到小石屋的正面，一眼看到一个老人，七十来岁，容貌干瘦，灰头土脸，衣着也很脏。老人看到我这个不速之客，冲我一笑，手里的活并没有停下来——他在剥花生。他的笑，算是跟我打过招呼了。我也说，大爷你好。老人又笑笑，这回他笑出了声，并说，来啦？屋里坐啊？话音里有些疑问，脸上的皱纹就像山上的沟壑，一条条纵横交错。我躬身进去，随手摸过一条小板凳坐下来。屋里顿时显得拥挤，也有些暗。我注意到，小屋虽小，也分里外两间，外间小一些，里间大一些，一道泥笆墙隔着，总的面积也就七八平方米吧。房内的墙壁不像外边的毛墙那般简陋，而是用山土抹平了，不过已被熏黑。后墙的一根橛子上，挂着几根豆角和一穗高粱，这些都应该是种子了。橛子下边是一口土灶，锅是铝锅，灶锅隔着房墙，连着里间的土坑，灶门口有几根干树枝。一进门的东屋下，搭着鸡圈，下边是厚厚的一层鸡粪，上边是一块平整的石板。这块盖鸡圈的石板同时也是老人切菜的案板和吃饭的饭桌，我看到上边的菜刀、半颗大白菜、一个小铝盆、半碗黑乎乎的咸菜、半瓶酒、一个土罐子，还有两只碗和一双筷子。老人见我打量他的“饭桌”，便伸手从一堆杂物里摸出一个塑料袋，里面有半袋子花生，老人递到我胸前，说，这里是熟果子，你吃。我接过来，又放到“桌子”上。我对他笑着，谨慎地问：“你家养几只鸡？”老人说：“六只，还有一只公鸡。”那应该是七只鸡了，我想。在我的腿边是一只塑料桶，桶里是清清的水，我说这是山泉水？老人说是的，从山塘里拎来的，好喝，甜。我扭头往里间看，有一个一尺见方的小窗户，一缕光线直射进来，能看清土坑上一床脏得分不清色彩的被子，被子上睡着一只同样脏兮兮的懒猫。最显著的要数床里边两只崭新的纸箱子。我问老人，那两箱酒是你买的吗？老人说不是，是女婿送的。我继续跟他聊天，知道老人姓魏，七十七岁，在这里看山护林，县里每年补助四百来块钱，种周围一亩多山地，有四个孩子——三个儿子一个女儿，女儿前年去世了，老伴也去世多年，生活主要靠儿子的接济和这一亩多山地。老人一边和我聊天，一边不住手地剥花生。他剥的花生，没有把壳和仁分开来，而是把仁和壳放在一起。我不解地问，怎么把花生壳和花生米放在一起啊？老人说，这是种子，要过几天才能下种，过早把它们分开，种子会偷懒睡觉。这话我听得懂，“偷懒睡觉”就是不出苗了。我继续打量着直不起腰也调不开屁股的小屋，看到床头那盏古老的煤油灯，还是把心中的纳闷说了出来，这里没有电，没有路，生活方便吗？老人说，还行。我又问，你儿子、女婿对你那么好，为什么不搬到山下，跟他们一起住？老人笑笑，又让我吃熟果子（炒熟的花生）。直到这时候，老人也没问我是谁，从哪里来，干什么的，要到哪里去。在那一瞬间，我想，老人也许就和这山上的黑松一样，已经习惯了这里的土壤，习惯了这里的生活，他每天面对青山，面对这些黑松，呼吸山里的空气，吃山里的物产，喝山里的水……

后来，我了解到，在大小吴山，有许多这样的护山老人，他们以山为家，散居林中。我不敢说他们自甘清贫与寂寞，因为所有的词汇，都难以表述他们的对山、对树、对土地的情感。他们其实不过是山上一棵普通的树。

茅英

一

春风还在残冬里打着瞌睡，偶尔睁开眼睛，打量一下周遭的世界。这时候，沟渠、河边、岗头、土坡上的茅草英，已经从泥土里悄然长出翠绿的尖芽。要不了几天，就有成群的村童来采摘了。

初春的茅草英，大半截藏在潮湿的黑土里，在它的头上，还招摇着往年的金黄色的叶子。茅草英躲在这些经历了一冬的枯叶里，像害羞的小小少女，不肯露出头来。我们在土坡上寻找它，必须先扒开潮湿而新鲜的泥土，再剥开包裹在茅英上的陈年老叶，才可以拔出鲜嫩、爽口、腥甜、散发出泥土芳香的茅草英。

在吃茅英的季节里，在上学放学的路上，在下湖拾草或挑野英的时候，我们都会在沟渠河畔，在田头地垄，寻找它。我们破衣烂衫的每一个口袋里，装满了茅英；我们皲裂的黑乎乎的手上，抓着的是一根根细长的茅英。我们一边走路，一边剥开青翠的外壳，然后柔软的、银色的、散发着草芽气息的茅英就被送到了嘴里。

拔茅英、吃茅英，是我们在早春里最快乐的事。茅英也是我们童年、少年时期少有的美味之一（如果还有其他美味，就是夏天里烧知了和秋天里吃豆虫了），我们寻找它，吃它，还为它发生过“战争”。如果两个村庄的孩子，在一条河的两端拔茅英草，“战争”就不可避免了。开始时，我们遥远地互望着，警惕地靠近着，待相隔相当的距离后，一方口头挑衅，另一方也用谩骂回击，然后，互相扔坷垃。这就是因为茅英草而发生的“战事”，我们常用的兵器是坷垃、弹弓，但我们很少“短兵相接”，因为茅英草毕竟遍地都是，“战争”只是象征性的。

有一年早春，我带着儿子回乡下老家，下了汽车，走在故乡的村道上，看到了久违的茅草。我对儿子说，这枯黄的草里裹着一种茅英，很好吃。儿子将信将疑。我二话没说，就跳到河坡上，不消几分钟，手里就剥了一大把茅英，正教儿子吃的时候，碰到了童年的朋友二富。他站在河那边，拄着锹，看着我笑，露出一口闪闪发亮的牙。他什么话也不说，就这样笑着。我一边大嚼着茅英，也一边笑，也许这时候，我们都想到了童年往事。

儿子不知道我们为什么笑。只有我和二富知道。

二

夏天里，茅草是生命力最旺盛的草，快刀斩不尽，割了它又生。真是割得快长得也快。但是，我们小时候割牛草，一般都不割它，主要是它不压秤。另外，茅草的草汁少，牛也不爱吃它。还有就是，茅草的新芽，俗称茅草针，很锋利，一不小心就能扎进肉里。

牛对茅草不感冒，“牛头”对茅草更不感冒，所以，我们这些满湖边跑的“小割草”，也就和牛以及“牛头”一样对茅草不感冒了。因而，渠堆土坡上的茅草，就会疯长到没膝高。又细又长的叶子，在吹过的微风里呈波浪状起伏，各种昆虫在草丛里自由生长。

茅草虽然没有水分，没有甜汁，牛不肯吃，驴也不肯吃，却是烧火的好料子。放镰砍倒一大片，火太阳一天就能把它们晒干了。干茅草是淡绿色的，带有阳光的淡绿，很脆，有一种清淡的草香，放到灶膛里噼啪乱炸，几把草就能烧好一锅菜叶稀饭。

我们在完成生产队的牛草定额后，都要去砍茅草。最好的茅草地在我们村后一个叫“大洼”的地方，这里的茅草成片生长，远望，就像长势良好的庄稼。

牛草叫割，烧火的茅草叫砍，一割一砍，就是我们对茅草的态度。

我们割草累了，坐在石桥上，把脚拖在流水里，玩变茅草的游戏。

变，变，变茅草，
变，变，变茅草，
变茅草向外（里）跑。

变茅草的游戏主要是两人玩。用手指甲掐两根尺把长的茅草叶，一根对折，包住另一根，一折一折卷过去。技巧主要在手指上，一边折，一边说，“变，变，变茅草，你看茅草往哪跑”。如果你说往里跑了，其实它跑到了外边。如果你说往外跑了，它最终还包在里边。会玩的人手很快，茅草在手上绕来绕去，眼睛都跟不上。其实，变茅草的技巧主要在手上，对折的两片茅草，其中一片多折半圈，茅草就跑到外边了，少折半圈，茅草就回到里边了。

二富玩茅草最在行，常跟我们赌牛草。在我的记忆里，没有人赢过他的牛草，他都赢别人的。时间一长，谁还跟他玩呢。后来，他手艺就生疏了。

那时候，茅草是农村的一大灾害，让农民非常头疼。它生长期长，生命力旺盛，发株就像传染病一样，一不留神就窜到了田埂上欺侮庄稼。庄稼见了它就蔫了，躲在草根边，贴在地皮上，抬不起头来，而且越长越瘦小，最后，竟然被茅草逼死了。幸亏有除草剂，但也只能药草，而不能除根，一场雨过后，它又蓬蓬勃勃从地下钻出来。

直到“旱改水”以后，茅草才被治住，原来它对付不了水稻。不过茅草也知趣，从此它不到农田里去了，就像知错就改的好孩子。但是，在高岗、渠堆上，茅草依旧不改它的旧脾气。

如果我们稍加留意，在沟渠河畔还会看到它，它混在其他杂草中，显得格外招摇。

三

茅英花是茅草的花穗，它在田间是最靓的风景，像芦花一样，白茫茫的一片。秋风起时，茅英花随风摇曳，起伏如雪浪，洁白的花穗在天空飘逸飞舞。如果你不小心走进茅英花的海洋，当心，脚下会有野兔突然惊跳起来，嗖地蹿进茅草丛中，眨眼就不见。放眼远方，野兔会在某一个岗头回首眺望，似乎立起身来，跟你打一个招呼，说声“拜拜啦您”。

但是，有的兔子就不那么幸运了，我们在它逃跑的途中设下了套子，只要它绊上了套子，套子就能扣住它善于奔跑的脚。

在秋冬季节茅英花飘扬的时候，浩荡的茅草丛中，隐藏着四条腿的兔子和两条腿的我们，我们在和兔子斗智斗勇。我们隐藏其中，兔子也隐藏其中。但是，很多时候，我们的耐心没有兔子们久，往往都是我们抖落一身的白色茅英花，首先暴露了自己。

趟着茅英花，我们先要在茅草地里找到兔窝。兔窝有两种，一种是有窟的，一种只是一个坑。常言说狡兔三窟，我们小时候套了几年兔子，都不知道兔子究竟有几个窟，至少是两个。但是，如果我们发现兔子的新窟，套住它的机会就很大。不过，有一次，我们没有套到兔子，却套住了一只黑胡子、白鼻头的黄鼠狼。我们都听过黄鼠狼和狐狸精的故事，吓得不敢收套，连滚带爬着跑回家了。

茅草地里的野兔，给我们的童年和少年时期增添了许多乐趣，也给我们带来了许多快乐的回忆。除了套野兔，我们还在茅草地里捉迷藏，骑马打仗，呼啸着跑来跑去。

北风起，雪漫天，
茅草地，兔窝边，
逮个野兔过大年。

不知什么时候流传下来的童谣，记录了数代人的少年往事。

往事已经成了永远的往事。那年春天，东方红拖拉机开进了这片茅草地，犁铧掀起了沉睡多年的黑土地。黑土冒着油，泛着光，似乎在展示自己的丰饶和富有。生产队在这块昔日的茅草地里种上了蓖麻。这是一种非常耐草害的植物，茅草果然被蓖麻“欺侮”下去了，即便是生长出来，也弱小而瘦黄，到了秋天，茅英花也不再洁白遍野了。

有时候，我会站在绿油油的稻田前，看着这块过去的茅草地，遥想它曾经的风姿。我不知道我喜欢的是现在丰产的稻田，还是喜欢过去的茅草地。

四

茅草的根，是一种非常特殊的根系，它像蛛网一样编织在地下。也许正是它四通八达的根须能充分吸收水分和养分，茅草才会长势那么好吧。

茅草的根茎，中医称之为白茅根，《图经本草》云：“生楚地山谷田野，今处处有之。春生苗，布地如针，俗间谓之茅针，亦可啖，甚益小儿。夏生白花，茸茸然，至秋而枯，其根至洁白，亦甚甘美，六月采根用。”《本草经疏》谓：“劳伤虚羸，必内热，茅根甘能补脾，甘则虽寒而不犯胃。”《本草求原》说：“白茅根，和上下之阳，清脾胃伏热，生肺津以凉血，为热血妄行上下诸失血之要药。”《本草正义》指出：“白茅根，寒凉而味甚甘，能清血分之热，而不伤于燥，又不粘腻，故凉血而不虑其积瘀，以主吐衄呕血。”《本草纲目》更是强调：“白茅根，甘能除伏热，利小便，故能止诸血，哕逆、喘急、消渴、治黄疸水肿，乃良物也。”由此，可真实地反映茅草的根茎的功能和特性。

在我们乡村，根据茅草根茎的形状，我们又送给它一个好听的名字——巴根草。茅草称草，根系也称草，恐怕是别的草所享受不到的待遇吧。

我们东海的巴根草，和汪曾祺先生所说的高邮的巴根草不是一回事。汪曾祺先生在《夏天》一文里说：“我们那里有一种‘巴根草’，贴地而去，是见缝扎根，一棵草蔓延开来，长了很多根，横的竖的，一大片。而且非常顽强，拉扯不断。”汪先生说的“巴根草”，在我们那里，称“虾须草”。不过文中有一首童谣，也是我们那里传唱的：

巴根草，绿茵茵，
唱个唱，把狗听。

巴根草可以说是世上最无私的草了，它陈年累月地躲在地下吸取营养，无论人们采取什么样的方式对待茅草，它都没有一声怨言，尽心尽职地履行自己的义务。即便是愤怒的农民在冬天里点一把火烧了他们讨厌的茅草，来年春天，茅草们照样鼓出新芽。

其实，巴根草一度还是人们的救命草。在粮食歉收的年代里，我们的父辈靠嚼巴根草度过了春荒。直到我记事的时候，巴根草还是农民的宝贝，只是它的主要功能不再是充当救命的“粮食”，而是作为柴火为人们奉献最后的热量。

有一年冬天，祖母扛着铁叉，迎着呼啸的北风，到鱼烂沟去挖巴根草。祖母选了一块茅草厚密的地段，一叉一叉地挖，就像翻地一样。被祖母挖起来的土块里，藏着密密麻麻的巴根草。我知道，这些土块，在经历了一个冬天后，到开春化冻时，只需在土块上轻轻一划拉，或捏着一截巴根草一抖，藏在土块里的巴根草就被抖出来了，一会儿工夫，就可以收获一堆巴根草了。

巴根草真是烧火的好柴火，晒干后就像小树枝一样有筋道，经烧。所以，在缺粮少草的年月里，巴根草真是帮了村民们的大忙。鱼烂沟村有一个远近闻名的乡土诗人，写了一首形容挖巴根草的打油诗，形象而逼真地描绘出了当时的景象：

北风呼啸雪满坡，
茅草地里战犹酣。
祖孙三代齐上阵，
来年锅门草成山。

蓝花菜

一

小区的草坪里，运来一车山土，培在新栽的绿化树下，几场春雨后，新土里冒出许多新芽，绿得醒目。又几天，长出嫩叶，我认出它们来了，居然是蓝花菜。

蓝花菜生于山野阴湿处或水沟边，全草可供药用，五至八月采收晒干，有清热解毒、利尿、消肿等功效。

某天在母亲家吃完晚饭，带孩子回家，路经草坪时，告诉孩子这叫蓝花菜。孩子好奇，说这能干什么呢？我说不能干什么，蓝花菜是一种野草，过几天，园艺工人要来把它拔除的。说话间，我突发奇想，何不将它移回家，栽在花盆里赏玩呢？我对孩子说，这样吧，我们把它移回家，栽在花盆里，看看它会长成什么样子。孩子很高兴，伸手就拔。我说不能这样，要连根带土。我示范着拔了一株。就这样，我和孩子每人拔了一大把蓝花菜，回家分别栽在两只花盆里。

也没在意，每天只给它浇些水。几个星期之后，蓝花菜抽茎生叶，蓬蓬勃勃地长满一盆，油绿葱郁得让人惊叹。细细地观察，发现蓝花菜的茎是横卧的，节上生着小须，叶子互生，卵状披针形，有点像竹叶，很好看。孩子六周岁生日那天，我把它从阳台上端到客厅的茶几上，客厅里顿时“活”了起来。

二

早上去新浦公园锻炼，绕着湖跑圈，在湖边的杂草里，会看到有几棵蓝花菜，和杂草挤在一起，一点也看不出它有多么的出奇。

新浦公园的南边有一块空地，十几二十年前露天电影就是在这里放映的，后来租给商人改成了儿童乐园，又不知什么时候拆除了那些破铜烂铁，成了一片野草地。草地中间有一条小沟，沟里有水，有人在沟边种几垄山芋。山芋并不起眼，让我吃惊的是沟两沿居然长满了蓝花菜。我还从没看过这么多的蓝花菜，比种植的还旺盛，藤藤蔓蔓、挤挤挨挨长满一沟，连地皮、水面都不透，而且没有一棵杂草，其阵势，仿佛不是一棵棵生长的，而是堆积在一起。

如此壮观的蓝花菜，一点儿也不好看，看过来看过去，不过野草而已。

三

办公室同事喜养花草，名贵的未曾见过，不过文竹、水仙、夹竹桃。但有一盆蓝花菜摆在窗台上，青枝绿叶，十分抢目。

也是春天里，同事把蓝花菜端在桌子上修剪枝叶，碰巧有一位老同志进来，问："这是什么花，这么好？"同事认真地说："这是兰，一种吊兰，很好看的。"对方说："我怎么没看过？"同事说："哎呀，都养好几年啦，就放在窗台上的。"对方一边看，一边说："不错不错，很名贵吧？"同事说："那当然，几年前一个朋友送的。"

我在一旁明明白白地听了他们的对话，不便说什么。等那个老同志走了，我对同事说："你真的不知道这是什么花？"同事说不知道。我告诉她，这叫鸭跖草，又叫蓝花菜或蓝花草，乡下的路边、水沟、河畔、树下、墙根随处可见。同事惊讶地说："真的呀？！"看着同事的表情，我突然后悔了，不该告诉她真相，知道不过是一株野草，她说不定有多失望呢。但同事随即说："管它呢，只要它长得好看我就喜欢，你看，它多美，多雅，多有情致啊，等到它开小蓝花时，更是清秀宜人哩！"

她的话说得真好。

四

后来，我把蓝花菜吊在书房的阳台上，绿嫩嫩的，读书或写之余，抬起头来，盯着看，很养眼。

有朋友来我书房小坐，看蓝花菜生机盎然的，好奇在花市上不见的这种野草，居然很适合在书房里赏玩，便心生羡意。我也不吝啬，凡索要者，便送他两枝。蓝花菜和吊兰一样，喜水，要每天浇水才好，而且喜阴，如在太阳下曝晒，很快就会枯萎。

茯苓

某年我在板浦采风，巧遇一高人，能背好多乡邦故人的诗，比如许乔林、凌廷堪的妙联佳句。令我吃惊的是，他能记得一首清末东海名士朱路游大伊山的诗。背完以后，在我的请求下，他拿笔抄了给我，诗曰：

久慕伊山始得游，果然风月更清幽。
松盘古寺龙伸爪，石卧高峰虎抱头。
安海潮中花子墓，乾坤哲学茯苓沟。
欲穷目立山头上，北极宫高一气收。

这里的茯苓沟，是大伊山有名的一景，因沟中有著名的茯苓泉，故名。板浦文士姚祥麟和其女姚欢欢所著《板浦春秋》，记有李汝珍三赞茯苓酒的故事，并记载了大伊山茯苓古泉的民间传说。

茯苓是与松有着不解之缘的。《淮南子》里有“千年之松，下有茯苓”之说；唐代大诗人李商隐也有“碧松之下茯苓多”的诗句；而李时珍更认为茯苓是“松之神灵，茯结而成”；《红楼梦》第六十回，说到护肤品“茯苓霜”，要给大观园里的姑娘们美容用。

茯苓属于真菌类多孔菌科植物，适宜在温润的气候中生长。连云港是南北气候的结合地，所以，茯苓能成为连云港的特产就一点儿也不奇怪了。

连云港云台山和花果山里，生长着赤松和马尾松，茯苓就生长在赤松和马尾松的根部。它的形状有些怪异，呈纺锤状类球形，像瓜，像拳头，又像瓦罐。其表皮粗糙，淡黑色或紫褐色，但内部却是白色或淡红色，比较坚硬。据说，茯苓有灵性，属于“仙草”，不是人人都能找到的，若没有缘分的人，一辈子都寻不到。如果缘分到了，不经意就会发现。植物学家吴舟先生讲述过，云台山老药农姚东恩的女儿姚婷凤，在南云台鸡鸣山拾柴草时，发现一棵大赤松的根部有一形似龟、外皮黑褐色、内坚白的块状物，它就是中药“八珍”之一的茯苓。梁代名医陶弘景曾描述过茯苓的形状：“外皮黑而细皱，内坚白，形如鸟、兽、龟、鳖者良。”说的和这块茯苓的内外特征完全一样。而难能可贵的是，这位约1500年前的大医学家，还明确地记述了茯苓“今出郁州”，郁州即今天的连云港云台山一带。

清代两江总督陶澍多次来云台山巡视，他有一首《仙人屋》诗勒刻于宿城的山脉上，诗中有这样的句子：“瑶草出林香，茯苓和露煮。万古此深山，石床不知暑。”无独有偶，离宿城不远的古佛寺遗址附近，残留一座距今上千年的“茯苓泉”。相传，泉边曾有两株挺拔的参天大松树，松下有块巨型的茯苓，以至于从泉里打上来的水，皆被茯苓浸为淡粉白色，泉水也清洌甘甜，寺中和尚和当地百姓视大茯苓如至宝。原以为灵性的茯苓能保佑佛寺千古，岂知历年的战火和动乱还是让古佛寺成为废墟。而古松和茯苓也化为乌有，只空留一眼古泉，似乎是涌流不尽的泪水。

有一年和朋友爬花果山，从船石沟向玉皇顶攀登。

这条线路异常险峻，不常有人走，一点儿路影都没有。一路上，钻荆棘，攀悬崖，碰到了许多奇花异草，在一些枯树的根部常和一些灵芝不期而遇，我们拣好的采。朋友说，灵芝不算什么，前边有一大片松林，那些黑松不知怎么样了，也不知能不能采到茯苓。朋友的口气有些忧虑，我们也跟着担心。当我们爬过一座山头，看到的景象令我们惊呆：那一大片黑松林，都成了死树。朋友说，果然是死了。据朋友介绍，这些松树，是前几年被松毛虫吃掉的。“不会再有茯苓了。”朋友伤感地说。

记忆里，有一个叫苓的女孩，不知道为什么用这个字，只觉得好听。有一次我问她，她莞尔一笑，说：“你知道茯苓吗？”原来是这样，茯苓生长的方式内敛，不张扬，但内涵丰富，很符合她的个性。

北京奥运会刚结束，残奥会还没开始，我到中国青年出版社看《海古神幽连云港》的清样，在后海一家小店里，看到有“茯苓夹饼”出售，打的是“北京特产”的招牌。买来尝尝，没有吃出茯苓的味来，更多的是甜。看配料，有饴糖、白砂糖、淀粉、山梨酸钾、柠檬酸钠、卡拉胶，最后才是茯苓。能拿茯苓做招牌，可见茯苓在老百姓的心目当中还是得到认可的。

蓖　麻

一

早先，蓖麻是乡间常见的植物，野生的居多，很少有人专门去种植。其原因可能是蓖麻产量低，经济价值不高。此外，蓖麻植株像一棵树，单株占地面积较大，没有种其他植物实惠。

但是，在我家的南沟嘴上，我祖母每年都要种几棵蓖麻。

祖母种的蓖麻，主要是取蓖麻籽。蓖麻籽可以榨油。蓖麻油是不能食用的，用它擦鏊子，却出奇地好，养鏊，下次烙饼时不粘。

我小时候在平明供销社废品收购站玩，废品收购站仓库里，常有收购来的蓖麻，把手伸在蓖麻里划动，透滑。我经常这样在蓖麻里划啊捞啊，像撩水那样，其实什么也捞不到，只是感觉那种滑腻很舒服。有时候，我会一直盯着它看，有什么好看的呢，外形像豆子，皮壳光滑，有浅色花纹，间或还有一些别的颜色的蓖麻，褐色的，红色的，甚至还有黑色的。我常挑那些杂色的蓖麻，窝在手心里看。

小时候常做出一些怪异的事来，比如对蓖麻，感觉它就是树，蓖麻籽就是树上结的果，对那尖尖的球，稍许有些敬畏，也许是怕那尖刺扎手吧。

平明收购站的后院里生长着许多杂草，杂草丛里生出一棵蓖麻来，枝枝叶叶很有树的模样。暑假里，我天天去看看它，看它开花，看它结果。那些果，紧紧地团在一起，张牙舞爪的样子。我知道果壳里包着籽，满心盼着它快快成熟，我好采下来，放在地上踩，蓖麻籽就被挤出来了。这种盼望很撩人，至今想来，还觉得莫名其妙地好笑。

二

明代有个著名书法家，叫陈献章，为人称道的不光是书法，还有他的古典诗词，其《后菊会》中有“惯得趋时理，千金买一壶”之句，极其有意趣。但一组《种蓖麻》更是名震诗书两坛，诗曰：

其一

山渠面面拥蓖麻，锁尽东风一院花。

江上行人迷指顾，老夫于此炼丹砂。

其二

短檠他夜照书床，一餞蓖麻也借光。

老去图书收拾尽，只凭香几对羲皇。

其三

红朵青条摆弄同，人间无地不春风。

莫轻此辈蓖麻子，也在先生药圃中。

其四

蓖麻得雨绿成畦，如此风光亦老黎。

饮后小庵搜句坐，山禽啼近竹门西。

其五

蓖麻绕竹径通云，云里樵歌隔竹闻。

手把长镵种春雨，风光吾与老黎分。

其六

种了蓖麻合种瓜，青山周折两三家。

老夫来构茅茨毕，别种秋风一径花。

《种蓖麻》是陈献章隐居乡间时写的一组诗。陈献章围绕种蓖麻写了山渠、田畴、小庵、竹门、竹径、青山等等村野景色。诗人晚上在如豆的油灯下，展书苦读；饮后安坐在草屋前，搜肠刮肚寻觅诗句。风轻，蛙鸣，鸟啼，在绿色的田野之中，在山禽与樵歌的乐声里，“手把长镵（一种犁头）种春雨”，诗人发出了“莫轻此辈蓖麻子，也在先生药圃中”的心声。这是一幅幅多么优美、宁静、充满山野情趣的图画！陈献章不是为了写种蓖麻而去耕作，也不是着意在田畴中求取灵感，他是在自然而然之中生发了创作的冲动，自然洒脱地写下了这优美的田园诗篇。

与充满天然乐趣的诗文相对应的是陈献章洒然自得的

书法。其下笔飞纵奔放，无羁束，无所执，如行云流水，如鸢飞鱼跃，活泼生动，充满生机。至于结体、章法、墨色等书法的要素，也已化作一种气韵、一种意态，与诗文交融为一个纯天然的整体，成为表现诗人自得自乐心境的媒介。

藏在广东博物馆中的《草书种蓖麻卷》是陈献章存世作品中不可多得的珍品。它以内容与形式的完美统一，充分体现了陈献章“以自然为宗”的精神气质。

三

为写这篇小文，查了资料，资料中对蓖麻的描写是：“栽培用以提取医药及工业用油，或用作风景树以观赏其叶。叶掌状，12裂，大而美观；果古铜色到红色，生有硬毛和刺，簇生，美观，通常成熟前就采收。种子外形似豆，表面有花斑，成熟后含有毒的蓖麻碱。可能原产非洲，已在全世界热带归化，印度和巴西是主要种植国。蓖麻油用作润滑油及缓泻药。”

某天，在楼下一户人家的小园里，看到一株怪异的植物。起先没想到它就是蓖麻，因为在它旁边是几株菊花菜，几株一串红，还有几株巴豆，便猜测它也并非什么名贵物种吧。直到发现它是小时候常见的蓖麻，才突然发觉它的稀罕来，真是久违了。每天看到它，总会情不自禁地想起小时候对蓖麻的感受。

桑葚

一

十多年前，我曾写过一篇小说《不是所有的桑树都结桑葚》，是写我少年时的一段美好记忆的。现在，我再用散文来重新写一遍少年记忆里的桑葚。

“山西蚕桑场”，这是我小时候常常听到的一个地名。山，就是平明山，其实不过一个大土堆而已，蚕桑场就在山西的一个大坡上，坡上有一个大院子，院子里有几间平房，院子外边就是大片大片的桑园了。这是用来养蚕的桑，通常是不结桑葚的。大概是我念一年级的时候，麦假里我来平明供销社玩，父亲不在他供职的收购站里，站里的单儒家叔叔是父亲的好朋友，他大声地对我说，你大上学习班了，走，我带你找去！单儒家是个大个子，他推出自行车，一只胳膊把我夹到后座上，便骑着车走了。他把我带到蚕桑场一间平房前，推开一扇门，跟里面的人说话。一会儿，后门开了，从后门里走出了父亲。他穿一件浅灰色中山装，脸色铁青，出门时把烟头丢在地上。父亲走到我面前也没笑。这可是我从来没见过的。父亲对我说，你跟儒家叔叔先回，我晚上回。

二

废品收购站后院里有一棵桑树，桑树有屋檐那么高。麦假里的桑树枝叶青翠，结出许多青青的桑葚。我知道，要不了多久，也就是麦假要结束的时候，桑葚就成熟了。桑葚成熟的过程，我是能够感受得到的，先是由青绿变深绿，然后是红，最后是紫了，一嘟噜一嘟噜挂在枝丫里，青的红的紫的挨在一起，煞是好看，望一眼就会流口水。紫红色的桑葚最好吃，酸中带甜。

废品收购站后院的这棵桑树，正对着一户人家的后窗，微风吹过，枝叶会扫到他们家的玻璃上。这家的后窗经常打开。我有时候在桑树下看桑葚，会听到这户人家屋里的说话声，特别是那姐妹俩的。我不光听到她们说话，还常常看到她们双双趴在窗户上，仰着头，睁着黑葡萄一样的眼睛，看桑树上的桑葚。我心里不免担心起来，怕她们会把桑葚摘走。她们只要拽住一根树枝，就能够到桑葚了。

这姐妹俩我经常见到，大的比我要大三四岁，小的比我要大一两岁，穿着小花裙子，常常跟在她们爸爸身后。她们爸爸也是供销社的人，喜欢打篮球，常带着两个宝贝女儿在篮球场上玩。我远远地看着，时而会听到她们咯咯的笑声。

有一天，刚下过一场大雨，我站在门口里看看桑树，看看偌大的风和雨会不会打落了桑葚。我看到小姐妹俩也在看，头挨着头，扎着羊角辫，还对着桑葚指指点点。我心里想：看什么呢？看也白看，不给你们吃。我就是这样想的。我那时候一点儿也不“高尚”。

三

《诗经》中写到桑的有好几篇。《桑中》是以桑为媒介，道出了男女恋爱相邀相送的古朴风情；《氓》也是讲婚姻爱情的，其中“桑之未落，其叶沃若。于嗟鸠兮，无食桑葚”，比喻得真好，而且把桑叶肥大油绿的样子也形容出来了。

桑树的种类很多，我这里讲的不是养蚕的桑，而是结桑葚的桑。

我老家门口池塘边就有一棵桑树，夹在许多杂树里，我竟没有发现，是有人偷了桑葚吃，我才知道它的存在。

吃过桑葚的人，如果不拿清水洗，嘴唇上是墨紫墨紫的，样子很吓人。“赠人玫瑰，手有余香”，这叫“吃了桑葚，嘴有余色”。我看到一拨比我小的孩子一个个都是黑嘴唇，还有池塘边上散落的桑叶，才发现我家这片杂树林里有一棵桑树。这时候，我已经读初中了，在废品收购站捡来许多残书，横排、竖排、繁体、简体都有，一边读一边抄，心里，也想写一部书。我抄了一首谢灵运的《种桑诗》，曰：“诗人陈条柯，亦有美攘剔。前修为谁故，后事资纺绩。常佩知方诫，愧微富教益。浮阳骛嘉月，艺桑迨闲隙。疏栏发近郛，长行达广场。旷流始毖泉，湎涂犹跬迹。俾此将长成，慰我海外役。”又突然看到孩子们吃桑葚吃成了黑嘴唇，立马就想做首诗来，可惜功力不够深，想了半天也没想出半联妙句，倒是唤起了并不久远的记忆。废品收购站后院的那扇窗户里，两姐妹现在怎么样了？还有那棵桑树，还在吗？因为父亲退休后，我就再也没有去过那里。鲁迅先生有百草园和三味书屋，废品收购站的后院也算是我的“百草园”啦。

宝岩的杨梅

有一次在常熟，正是夏果摘杨梅的季节，朋友在茶室里，用一碟杨梅招待我，甜中略酸。甜，甜得入心，酸是微酸，也恰到好处，我一连吃了数颗。朋友不经意地说，这是外地杨梅，本地的杨梅不好吃。

我居然信了。

大概两三年后，“五一”刚过，我到常熟会友——潘吉、皇甫卫明、浦仲诚和葛丽萍等，一伙人闹哄哄他去爬山。老浦从车上抱下一坛女儿红，足足五公斤，说到老石洞竹林深处的农家乐喝酒。我们没有直接去老石洞，而是先去了小石洞喝茶。小石洞已经成了寺庙。我们在寺院里，自己搬来一张茶桌，要了一瓶开水，喝我们自带的虞山白茶。水是山泉水，茶是雨前茶，水好茶好，地点又在山腰，山风吹拂，茶香萦绕，心情极好。茶喝淡时，出小石洞往老石洞，途中宝岩的山道上，两侧全是成荫的绿树，树上有青色的果子。我问这是什么时，有人应答，杨梅。这就是杨梅树啊？我很惊喜，仔细看去，居然有些已经泛红，大约是可以吃的。我就近伸手够下一枝，选泛红泛紫的摘了几粒，和同行友人的分别品尝，依然是甜中带酸，和之前吃过的差不多，只是酸味略重而已。潘吉说："宝岩的杨梅很有名的，不过现在还不是吃的时候，过十天八天，你再来，正是时候，让你吃个够。"我满口答应了。可我再来时，已经是六月下旬了，早过了潘吉所说的"十天八天"，我重提了宝岩的杨梅，朋友说，节令已经过了，要吃只能等明年了。

杨梅的品种不多，生长范围也不大，而且不易保鲜，主要是自产自销。据说杭嘉湖一带较好，苏南也不坏。扬州有一种白杨梅，叫"圣僧"，不知什么意思。不过我倒是晓得杨梅有一别号，叫"君家果"或"吾家果"。《世说新语》里有记载，传说梁国杨氏有个儿子，特别聪明，九岁那年，家里来了一个姓孔的客人，是找他父亲的。他父亲不在，小主人拿杨梅招待。孔氏说，这是君家果。小主人反应很快地说，未闻孔雀是夫子家禽。虽然是一则小故事，却做实了杨梅有“君家果”或“吾家果”的别号，倒是有些意趣。后来，还有人把“吾家果”写进诗词，清人杨芳灿有一首《迈陂塘·杨梅》词:“闲销暑，露井水亭清坐，不须料理茶磨。夜深一口红霞嚼，凉沁华池香唾。谁饷我？况消渴，年来最忆吾家果。”

赞美杨梅的诗词有不少，宋代诗人方岳有诗赞云：“筠笼带雨摘初残，粟粟生寒鹤项殷。众口但便甜似蜜，宁知奇处是微酸。”把杨梅的形状比作丹顶鹤的头冠，还真是形象。写杨梅最好的，要数清初第一词人陈其年的《一丛花》词，咏的是苏州西山的杨梅，词云：“江城初泊洞庭船，颗颗贩匀圆。朱樱素柰都相逊，家乡在、消夏湾前。两崦蒙茸，半湖幂䍥，笼重一帆偏。买来恰趁晚凉天，冰井小亭轩。妆馀浴罢春纤湿，粉裙上、几点红鲜。莫是明朝，有人低问，羞晕转嫣然。”

今年六月初，皇甫卫明的新书《远方的季节》在常熟虞山下的栗桂园举行了首发式，邀请的人员中有李惊涛、张亦辉等文友。茶点中就有一道杨梅，说是宝岩新下市的。我邀张亦辉尝尝。他说他在杭州已经抢先尝过了，料想常熟的杨梅也不会比杭州的好。我尝了一颗，倒是很甜，没有酸味。后来有人指点迷津说，杨梅都是有点酸的，如果怕酸，吃时，可以用淡的盐水渍一下，就会除其酸味了。难怪李太白有诗曰：“玉盘杨梅为君设，吴盐如花皎白雪。”这可能是白杨梅吧，没吃过，不知风味如何。不过，吃杨梅用盐水渍的方法，倒是记着了。“若想甜，加点盐”，就是这个意思。不过，转念又想没有微酸，那还是杨梅吗？

也是这次新书首发式结束后，邀了两三好友，直奔宝岩。但见宝岩的山路两侧，果然有许多卖杨梅的摊点，红红的杨梅，堆在一只只篮子里，一排排看过去，甚是好看，禁不住嘴里生津，想要尝鲜了。但我们的目的，不是要买一篮，而是要亲手采摘，这样才有滋味。待到了山上，看到的景象却有些不忍——可能是风至，也可能是熟透了，这时候的山路上，跌落着不少杨梅的残果，零乱的这里一处，那里一堆。我们在僻静处选一棵树，从枝上够了几颗，品尝起来，也并无特别之处，但总算是了了我的小小心愿。

花光一片白云堆

东磊在云台山的南坡上，地名的来历和“磊”字有关，即山崖上有三块叠成一个“磊”字形的巨石，故名。但是，东磊的名气，不是靠这三块奇石赢得的，而是因那几棵有着八百多年历史的玉兰树。

东磊的玉兰树，是在一座道观的院子里，观曰“延福观”。延福观早已年久失修，破烂不堪，近几年才略有修复。记得三十多年前我去看的时候，只有山门和几间石头房子还在，但遗存的地基很是壮观，都是大石块沿山势堆砌的。东磊的地势本就较为险峻，三面被高山所挡，宛如“围屏”。延福观更是占据了好地势。在延福观里，玉兰树周围的植被也很丰富，杂花生树，翠竹青青，这也是玉兰花历经八百多年而依然青春常在的原因之一吧。早在清道光十五（1835）年，钦差大臣陶澍来海州视察时，专门为玉兰树兴建了“玉兰山房”，还在山房门上题写了楹联，曰“奇石似人花下立，仙人如鹤竹间来”。可惜这副楹联已经不存了。

如前所述，东磊我去过，而且是多次，第一次去的时候，还把彭云先生的《海州乡谭》找出来看看，里面有几篇涉及东磊的文章，一篇曰《东磊的五色》，一篇曰《太阳石的猜想》，一篇曰《玉兰花王何处寻》，在《玉女何许人也》中也有提到。那次去因是在“五一”刚过不久，“五色”之一的樱桃已经败了，只在背阴的树上还残留一些，却被告知不能吃了，所以主要是看另一色——黑，也就是磊石所在的乱石岗，号称“石海”。彭云先生在《东磊的五色》里有这样的描写：“东磊到处巨石嶙峋，交相磊叠，千奇百怪，鬼斧神工……石上藤萝攀缘，石缝杂草斜出，每一块巨石都形成一处风景点，都是一个天然的大盆景。”从石海里蹚过，便去了延福观，看了那四株有名的玉兰树，《玉兰花王何处寻》里是这样介绍玉兰家族的：“1986年花期，南云台林场的技术人员，对东磊玉兰树作了精细的实测，第一株高16.57米，树围3.5米；第二株高17.57米，树围2.52米；第三株高11.5米，树围1.45米；第四株高13.46米，树围0.92米。前三株据专家估定树龄约800年以上，后一株约二三百年。这比起国内近年报道的‘玉兰花王’要大得多。”我们眼前的玉兰树，花期当然也早就过了，老干虬枝，树叶浓密，在深山废观中，和周围的翠竹、杂树，一起安静地生长着。

真正来看玉兰花，已经到了新世纪，离彭云先生文章所载的测量树龄的时间又过了十多年，那天还有十来天才到清明，一路上，朋友不断地嘀咕，来早了来早了，今年气温低，不知花开了没有。我倒是不急，即使没有开，应该也有很大的花骨朵了，花半开，月未圆，难道不是一种美好的境界吗？试想，花一旦全开，马上就要凋谢了；月一旦全圆，马上就要缺损了。凡事不能太满，要留有余地和想象，才有期待，才有憧憬，才更美，也好比酒微醺，梦初醒，都是至情、至美的境界。没想到，花还真未到半开时，满树都是密密匝匝的花骨朵，只有朝阳的地方，个别花骨朵已经张开了可爱的小嘴巴。此时阳光正好，满树满枝全是乳白色，在阳光照射下，那一片白，有种毛茸茸的透明感，细看，又有雾岚状的白光，如晨光又好似月色，在花骨朵上闪动，只一瞥，心里便不觉涌动着难言的醉意，怕瞬间失去这迷人的好景色。再看那些簇簇拥拥的花骨朵，一朵一朵的，连着她们的小枝有着各种不同的长势，她们也便顺势而生，翘首着，相互交错，相互感染，也似在相互照应，相互鼓劲。山风不大，基本上感受不到，但那淡淡的花香，却是闻得见的，一缕一缕地飘来，萦绕不尽。我想到一个词，风色。此时的风，确实是带着色的，那便是白，月白的白，白云的白，而其中的意味却又是从唐朝延伸过来的——李白的白，带着古意和古风。只有风从白上过，才会有如此的风色。相信在接下来的许多天里，这种带有山岚气息的幽远而又切近的花香，会和风色一起，持久地散发着，飘荡着。我和友人围着玉兰树，流连忘返，不忍离去，闻着这怡人的香气，看着这么多天然玉白的花骨朵，想象她几天后花开时的芳容，那必定是满树堆云、香袭入心啊！

古人写玉兰花的诗词歌赋被引用太多了，此处不一一提及。我只说我读到的，朱自清曾在1935年3月29日骑毛驴去大觉寺观看玉兰花，并在当天的日记中写道："玉兰盛开，景色之美，前所未有。”隔了不久的4月15日，又作《玉兰花》诗，标明“系一失败而有趣的试验”，诗云：“大觉寺里玉兰花，笔挺挺的一丈多。仰起头来帽子落，看见树顶真巍峨。像宝塔冲霄之势，尖儿上星斗森罗。花儿是万枝明烛，一个焰一个嫦娥。又像吃奶的孩子，一支支小胖胳膊。嫩皮肤蜜糖欲滴，眨着眼儿带笑涡。上帝一定在此地，我默默等候抚摩。”这种写法，比律诗更能灵活地描写玉兰花的形态和美丽。本土诗人张百川先生《云台导游诗钞》里有一首写东磊玉兰花的诗：“洗尽嫣红别样妆，天生丽质斗芬芳。镜中眉黛颜如玉，画里容华鬓已霜。北院方疑柳絮落，东风却送粉花香。三山名士群相慕，缟素真堪对夕阳。”哪里有好景致，哪里就缺不了诗词歌赋。自1985年首届玉兰花会起，年年都会举办，头几届最热闹，得诗也不少，杜庚有《西江月·春游东磊》，词云：“满山樱蕊正俏，桃李频在飞红。银花玉雕树亭亭，济物青帝功成。重重叠叠重重，石磊磊石攒动。翘首凌空欲飞腾，难煞鬼斧神工。”我手里还有一本2005第一期的《花果山诗词》，一年一度的玉兰花会结束后，花果山诗社的诗人们有了数首吟咏玉兰花的诗，这期上选登了不少，彭云先生的一首叫《咏今年玉兰》，诗云：“久隐深山里，孤清向夕阳，何如身入世，万众共芬芳。”似乎和张百川老先生的诗有异曲同工之处。陈凤桐先生有咏玉兰诗数首，这一期的一首《玉兰》曰：“皎皎花容造化奇，宜将春雪比芳姿。香魂玉质东风里，无限光华万首诗。”孙绩元先生有一首《东磊玉兰花王》，诗云：“苍梧山色翠，玉树出尘埃。秋水为神韵，春风润骨胎。芬芳无俗趣，挺拔一高材。日月晨相伴，云霞亦自来。”冯家道先生有《减字木兰花·东磊玉兰花王》，云：“天香列阵，破冷东风尘外酝。抒碎去屏，洒尽银花百里馨。嫣红洗尽，不慕繁英蜂蝶引。千载孤芳，清极久经风雨霜。”老书法家薛栋先生有一首《玉兰颂》，云：“冰清玉润洁无瑕，春日云台第一花。形象悠然成大使，随邮飞誉到天涯。”

今年春天来得早，玉兰花应该开得也早吧。我于正月十六就来了，先是约了几个好朋友，大家都有事，我便独自前往。未承想，只看到满树青涩的花骨朵，略有失望。清明前三天，又相约张文宝、刘毅、陶明君三文友，由陶兄驾车，到了一看，花期又过了。但这次的收获是，三人相约写小文章，每人一篇，发在刘毅主持的《苍梧晚报·海州湾》上。我两天后即成一篇，名为《玉兰花香不等人》，感觉可成为此篇的补充，全文照录如下：

今年去了两次东磊延福观，都没能赶上看花的好时辰。

第一次太早，还是在正月中旬，我就迫不及待地去了。本来约了两三个好朋友，人家都有事。我只能坐了公交车，独自前往。通往延福观的路我是熟悉的，十多年前去过，二十多年前去过，三十多年前也去过，从山下攀爬，不消多久就到了。本来，看花是随缘的事，花香人自来。不知怎的，今年突发奇想，觉得看玉兰花还是赶早的好。或许是太早了，树上的花，还只是一个蕾，还不能称之为花。个别朝阳的方向，蕾要大一些，泛着青白。蕾虽没有张嘴，但那欲开的势，已经有了。现在花还不能说是半开，我就来寻芳踏青了，看着满树密密的花蕾，想象花开时一片白云堆枝的样子，心里还是有着更多的期许和盼望，溢漾于心头的美好也泛滥着，尘世间的许多烦扰跟着也荡然无存了。

第二次去看花，是在四月二日，本以为清明还未到，应该花期正好。相约的朋友也都投缘，一路谈说着，来到延福观。未承想，这次又晚了点，花已经落了几天，枝头只残留了几朵，花瓣耷拉着，似乎在顽强地多停几时，等着最后一批观赏者。树下的落花亦已经褪去光洁，一副零落成泥的样子，让人平添一点哀愁。我们虽心生遗憾，但总算是赶上了花期的尾巴，面对着残花仔细观赏，居然也能看出不同的美来。比如，枝头刚落下花瓣的地方，小小的蕊还在，呈小小的宝塔形，毛茸茸的嫩黄中，现着青绿的颜色，叶子出来了三四片，只能称为叶芽，把花蕊簇拥半包着，像是另一朵花。我们一边欣赏，一边啧啧称奇。大家忽又对树干上那朵白花十分钦佩起来——饱经风霜的老虬主干的一侧，只开一朵花，花光还在，闪着玉色的光，又仿佛雕上去一样，棱角都很分明。没想到一直关注这朵花的，是延福观的曹道长，还是在花骨朵时，他就拍了数张照片。他看我们把手机对准那朵几乎是唯一还处在最好花期的玉兰花拍照时，便把他存在手机里的照片发给我们看，真是太美了，白色的花骨朵饱满地挺立着，像西画上刻意的一笔，有一点云影，又仿佛罩在雾中，清透而温润，似乎能触摸到那别样的冰清玉洁。而此时完全绽放的花朵，尽情地展示着它的花容美貌，毫不吝惜地把它的微光和芳香留给清风，留给月影，留给自然，也留给赶晚了花期的我们。

两次看花，虽然不是最佳时节，却都看出了不一样的品质来。但我还是要说，有花能看早些看，玉兰花香不等人。

今年的两次看花虽然失败，但有了这篇小文章问世，也算是不虚此行。在嵌进这篇小文把通篇重读一遍时，忽又想起当年看花时看到的另一景，即延福观后边石屏下的岩石缝里，淙淙渗漏下来的山泉水，形成一个小水潭，虽黑幽幽的，水却碧清，可冷饮，饮后口中回甘，好水。别看小水潭不起眼，却有名头的，曰“玉女洗头盆”，池畔的石壁上，还记刻有一诗：“飞流飘洒云山根，泠韵清音听石门。恍如华山来玉女，观看珠落洗头盆。”

改旧稿于海州秀逸苏杭搁云居南窗书灯下

2018年4月5日

百龄海棠百年果

我们小区的海棠树，居然都有百年以上的历史了，确切地说，一株有110岁，另一株有140岁。一株在文化广场南侧，离月芽湖不远。还有一株在别墅区的台口，紧挨着望缘亭。穿过文化广场，从大型喷泉旁的藤蔓廊苑拾级而上，就可看到她的芳容了。这两株百年海棠是海棠家族中的八棱海棠，和西府海棠虽属同一个大品种，但差别也不小。小区的道旁种植的西府海棠，以现阶段来看，主要是起到观赏花卉的作用。而百年八棱海棠，不仅可以观赏海棠花，还可以观赏海棠果。

海棠栽培的历史很早，始盛于唐代，“春风用意匀颜色，销得携觞与赋诗。秾丽最宜新著雨，娇饶全在欲开时……”这是唐人郑谷的诗，写出了海棠艳丽妖娆的风姿神采，“新著雨”“欲开时”，至今还为人称道。比起唐人，宋人歌咏海棠就更为卖力了。我有一本《海棠吐艳》的书，书中收录历代诗人歌咏海棠的诗词五十多首，其中三分之二都是宋人所写，大诗人苏轼写了好几首关于海棠的诗，其中于元丰七年（1804）谪居黄州所作的《海棠》最为著名，诗曰：“东风袅袅泛崇光，香雾空蒙月转廊。只恐夜深花睡去，故烧高烛照红妆。”东风吹拂，花枝轻摇，花影浮动，苏东坡不拘泥于外形的刻画，而是宕开笔墨，遗其貌而取其神，以花拟人，写出爱花、惜花的深情。宋代另一位大诗人陆游也对海棠如痴如醉，仅《海棠吐艳》里就收了四首诗，在《花时遍游诸家园·之二》中云：“为爱名花抵死狂，只愁风日损红芳。绿章夜奏通明殿，乞借春阴护海棠。”这首诗构思精巧，写出了爱花、惜花之情，采取层层递进、步步深入的办法，准确而细腻地写出了情感的变化。诗人深谙花性，担心海棠的娇美不堪风吹日晒，诗中虽无一字直接写花，却让我们强烈地感受到海棠花之美，确实值得去爱惜。《花时遍游诸家园》共十首，是陆游在成都时为海棠而写的组诗。他在《海棠歌》里更是放声唱道："碧鸡海棠天下绝，枝枝似染猩猩血……扁舟东下八千里，桃李真成仆奴尔。若使海棠根可移，扬州芍药应羞死。"话虽然有些绝对，也是诗人真实心情的反映。因此，因为陆游爱海棠，便有人送了一个"海棠癫"的雅号给他。如果陆放翁能穿越时光，来到我们生活的小区，怕是也会忍不住再写几首吧。

望缘亭边的这株百年海棠，我观察好久了，双株连体，两根主干很粗壮，整体树型向喷泉倾斜，似乎要吸纳水中的养料，补充自己的能量。从前年春天到今年春天，我都来看过她的花开，前年春天开花较少，星星点点，并不起眼，似乎是在试开。我知道那是她刚刚离开深山、新迁来的原因。当时，我坐在望缘亭中，心想，待到她明年熟悉了环境后，一定会花开遍树，海棠果也会挂满枝头的。果然，去年春天我再来看时，粉色的花朵像雪一样纷纭遍树了，离她不远处的西府海棠的红色花朵和她相映争辉，十分好看。我当时正在写一篇西府海棠的小文，故意在文中对这两株百年海棠只字未提，目的就是要再写一篇。今年春天来看她时，比去年更妖艳了。海棠花本来不适合用妖艳一词，她更显得实在些，但她确实又是妖艳的。不久前，我再次来看它，看到她挂满一树的青果，煞是喜人。这些海棠果子个头大，肥肥的，果然和我预想的一样健康。我知道，八棱海棠果实不仅形状美观，果肉品质也好，肉厚核小，果香馥郁，鲜食酸甜香脆。我忍不住想摘一只尝尝，可现在才是夏天，会好吃吗？我知道海棠果可以青吃，也可以熟吃的，不过还是留着秋天成熟成红果时，再来品尝吧。但好奇心还是让我下了手，拣个大的，摘下来，尝一口，甜中有些涩，不是很对胃口。那么，还是再等等吧。

据相关资料说，受多种因素的影响，地球上能够集中栽植海棠的区域很小。四川当然是一个好地方了，陆游正是因为在那里做官，才写那么多海棠诗的。那么，这两棵百年海棠，原产地是哪里呢？树前的说明文字说得明明白白：关外。那么，这两棵百年海棠就更为珍贵了。

在海棠家族中，有四大常见品种，分别是“垂丝海棠”“西府海棠”“木瓜海棠”和“贴梗海棠”。海棠花被喻为“花中神仙”，这种落叶小乔木，非常适合园林式小区栽种。有一年清明还没到，我陪朋友去赏花，看到西府海棠的小枝梢上，已经开小骨朵了，那最初开放的，像胭脂一样地红。似开未开的花骨朵，也是半张着小嘴，淡红、深红、胭脂红都有。青黄色的枝干上，叶芽还没有生出，花儿已经招摇着迎春了。这就是西府海棠的最大特色。我们俯身嗅一下，一股清香直扑鼻息，弥久不散。我不禁对张爱玲的话产生怀疑了。张爱玲在《红楼梦魇》说的那句著名的话，即人生有三大恨事：一恨鲥鱼多刺，二恨海棠无香，三恨《红楼梦》未完。但是，我们面前这数株西府海棠，正芳香四溢呢。看来张爱玲要么是有所特指，要么她所看所闻的海棠是另一个品种了。

西府海棠的花，和其他三个常见的品种相比，其特点最为显著，仅拿她和垂丝海棠相比，她比垂丝海棠花更美，姿色呢，也比垂丝海棠花更为娇艳动人，可以用“花开似锦”来形容。海棠花花姿潇洒、妩媚，自古以来就是雅俗共赏的名花，而且是中国土生土长的特有花卉，因此，素有“花中神仙”“花贵妃”之称，在一些著名的园林中，常与玉兰、芙蓉、桂花相配植，阐述“玉棠富贵”之意境。

《红楼梦》里曾有一出“海棠诗会”，宝玉和十二钗们每人都有诗咏，探春有一句“芳心一点娇无力，倩影三更月有痕”。黛玉诗云：“偷来梨蕊三分白，借得梅花一缕魂。”湘云有诗句为“却喜诗人吟不倦，肯令寂寞度朝昏”。这些咏海棠的美句，都意境深远。“风流才子”唐伯虎根据“海棠春睡”的典故，画了一幅《海棠美人图》，题诗云：“褪尽东风满面妆，可怜蝶粉与蜂狂。自今意思和谁说，一片春心付海棠。”这里的海棠，又被赋予别的意思了。可见有海棠的地方都是浪漫的。

几年前，我陪山东人民出版社的王路先生去常熟儿童文学家金曾豪先生家做客，他家的小院里就有一株西府海棠，我们去时，正是海棠花开时，我们和主人还在海棠花前合了影。我们小区的那株百年海棠每次花开时，我都会在海棠花前留影数张。有一次，几个散步的青年人看我在花前照相，也跑过来，争相和那株怒放的百年海棠合影。

满园“富贵”

人们常把木芙蓉和桂花树放在一起说，因为取二种花卉头一个字谐音，便是“富贵”之意。所以自古以来，在讲究人家的宅院里，这两种花树是必不可少的。连云港画家江祥荣先生，爱画一笔艳丽的芙蓉，在盛开的芙蓉花下是三条大鳜鱼，其中有一条，正从画外赶过来，急匆匆的样子，怕是耽搁了这次欢聚，虽几笔勾勒，却是韵味十足。花丽鱼欢，把“富贵”二字渲染得恰到好处。晚清名画家任熊有一幅《早贵树》条幅，一株挺拔的桂树上，开着黄白色小花，画面沉稳，暗香浮动，也体现了一身“贵”气。

芙蓉和桂花树，我们小区也有，而且到处都是，在小区的任意角落，不经意间，就会发现它们。

长势和花开最为喜人的木芙蓉，在月牙湖西南角的那块苗圃里，临近水边，一溜有十来株，可能得风得水的缘故吧，叶子很大，花朵也大，枝叶嫩绿，花开艳丽。据园艺工人讲，这几株芙蓉共有两个品种，一是大红千瓣，一是半白半桃红千瓣。难怪她们的花开得不一样呢。我喜欢芙蓉的花，不矫情，朵大，瓣大，大大方方的。我更喜欢走近她，看她的骨朵，看她的怒放，看她半开半放的样子，看由浅变深的花色，还有花瓣上条纹状的皱褶，看她如手掌般大的叶子，顿觉心旷神怡，不想离开。芙蓉花很能照顾赏花者的姿势，让赏花者平视她，并热情跟赏花者交流——因为花密朵大，直高而细长的株干不用借助风力，就会微微颤抖，谦虚的样子，这不是交流又是什么呢？

芙蓉开花是在晚秋里，有诗说，“千林扫作一番黄，只有芙蓉独自芳”。此话自然是夸张了，但也道出了芙蓉的特性。有一阵我很忙，蹉蹉跎跎错过芙蓉最好的花期，但即便如此，残败的芙蓉花还是让人感受到了她的芬芳，就算是落在叶丛下的花瓣，那厚厚堆积不愿成泥的样子也让人动容，让我情不自禁想起她怒放时的神态：波光花影，相映生辉，格外妖娆。

据《长物志》载，“芙蓉宜植池岸，临水为佳”。所以小区把芙蓉种在了月牙湖边。我们小区是讲究水的，整个小区不仅靠近碧波荡漾的运盐河，清冽的河水从身边流过，有“引水上堂”、聚财聚宝之意，小区里的各种“水系”也很全面，除月牙湖外，还有喷泉、荷塘和人工小河，荷塘和小河边也植有几株芙蓉，“照水芙蓉”也就名不虚传了。有趣的是，芙蓉花的颜色，在一天中有几种变化。同一株上，如果早上开花，花色为粉白或浅红；中午至下午四五点开放，花色为深红。至于有的芙蓉花瓣一半为银白色，一半为粉红色或紫色，算是名贵品种了，有人趣称为“鸳鸯芙蓉”。唐人柳宗元有诗云：“有美不自蔽，安能守孤根。盈盈湘西岸，秋至风露繁。”而大才子郑板桥的《芙蓉》诗，就更为传神了：“最怜红粉几条痕，水外桥边小竹门。照影自惊还自惜，西施原住苎萝村。”

据说，芙蓉花可作食谱。著名鸳鸯蝴蝶派代表作家周瘦鹃先生在他的《花木丛中》说：“宋代宁山人林洪，曾采芙蓉花煮豆腐，红白交错，恍如雪霁之霞，名雪霁羹。”用芙蓉花煮豆腐，并不难，我准备一试。

既然“富贵”连体不分，下面我再来说说桂花树。桂花的特点就是香，一种特殊的香，就叫“桂花香”。

每到秋天，桂花就用香气告诉人们：“我来了”。

在一个桂花飘香时节，我碰到了几位专业的园艺师，还有平时负责浇水、除草的两个花工，他们在花圃里正忙活，一个在修剪枝叶，一个拖拽着一根水管，正仔细地给花花草草浇水。在我身边有一对情侣，我听到那女孩说，看到了吧，人家的花儿为什么开得鲜、开得艳？人家的草儿为什么长得绿？因为人家对花好。

这女孩真是聪慧，她是一语双关呢。

在另一边的花圃里，有十几株桂花树，我能大致认出金桂、银桂和丹桂，金桂花色橙黄，银桂鹅黄，丹桂浓黄得近乎红色。花儿们小小的身子簇拥在一起，一簇簇、一丛丛，如害羞的姑娘躲在郁郁葱葱的绿叶之间，因为群体的力量，远远望去，这些小不点儿，似一团团黄色的火焰在绿树间摇曳，婆娑多姿、神采奕奕。星星点点的金色小米粒欢欣鼓舞地绽放着自己，告诉赏者她的美丽，向世界证明她的存在。“暗淡轻黄体性柔，情疏迹远只香留。”这是她此时最真实的写照。

我想，在金秋之际才让世人注意，让世人称叹，她该孕育了多久的力量、留存了多少的等待啊。百花丛中，如果仅看外表，她的姿容真是平常极了，但，她特殊而迷人的芳馨，却让许多人推崇，并以禀赋超然的品行隐去了繁花胜景的追逐，静静地在十月的金秋里展现自己的芳香。

还是先前的那对情侣，他们也来到了桂花丛中，女孩到底心细，她居然带来一张彩色的台布，铺在桂花树下，轻摇树干，如金的小蜜蜂便纷纷飘飞，堆积满地，那小精灵钻进了那对情侣的脖颈、头发里。他们把摇曳落下的桂花收集在一起，呵，装了满满两个袋子。我问他们，这有什么用。女孩显然要比男孩活泼些，她说要把桂花晒干保存好，再用冰糖蒸熟，凉却后，放冰箱保存，可以做桂花米糕，蒸做其他点心时也可加入少许，就更添美味了。真是一对爱生活的小情侣啊！

我想，我也可邀三两好友，于梦绿亭里置一壶老酒，在夜静月圆之际，把酒赏桂，或小坐或闲读，不远处桂花的阵阵香气，随风涌动，会令人神清气爽，定是另一番享乐了。

古人咏桂的诗颇多，仅白居易的咏桂诗就有好几首，《庐山桂》《厅前桂》等都是诗中上品，《东城桂三首》其三更是咏桂一绝："遥知天上桂花孤，试问嫦娥更要无。月宫幸有闲田地，何不中央种两株。"李清照《鹧鸪天》词，用白描的手法，真实地描写了桂花的神态和品质，语气流畅，情趣盎然："暗淡轻黄体性柔，情疏迹远只香留。何须浅碧深红色，自是花中第一流。梅定妒，菊应羞，画阑开处冠中秋。骚人可煞无情思，何事当年不见收。"

桂花虽香，但也有缺点，正如清人李笠翁所说："秋花之香者也，莫能如桂，树乃月中之树，香亦天上之香也。但其缺陷处，则在满树齐开，不留余地。"大约这也是没有办法的事，如果像月季那样，每月开几朵，也许就没有香气了。

垂　槐

各种绿化树参差错落，浓淡相宜，有绿地，有花圃，每天都像生活在枝繁叶茂、鸟语花香的园林里。在这些绿化树中，垂槐，无疑以其独特的造型，引起人们的注意。

众所周知，槐树，是中国庭院常有的特色树种，家中有槐，被赋予多种含义，怀中抱子、胸怀宽阔等。古人喜欢在“槐”字上做文章，在槐树下搭石台，和朋友聚谈，已经成了乡风民俗，汉代有人因此认为，“槐”，就是望怀的意思，人们在槐树下怀念亲人和至交好友。《周礼·秋官》记载：周代宫廷外，种有三棵槐树，三公朝见天子时，站在槐树下面等候。三公即指太师、太傅、太保，这是周代三种最高官职的合称。有了这个典故，后人便用三槐比喻三公，在门前、院中、花园里，栽植槐树，来祈望子孙位列三公。槐树因此成为著名的文化树种。红学家俞平伯先生在北大教书时，把家里读书写作的书房，叫作“古槐书屋”，还写过《古槐遇梦》《古槐书屋词》等作品，可见槐在他心中的地位了。在民间，更是流传着“门前一棵槐，财源滚滚来”的口头禅，后又演绎成“门前一棵槐，不是招宝，就是进财”。这些都说明，槐，已经深深地植入民众的心怀。

草地上那一棵棵独立又相互照应的垂槐，虽然不是传统观念上的槐了，但也实实在在是槐树，只不过是通过嫁接，才品种各异罢了。如果再经过园艺师多年的培植修剪，就成了非同一般的景观槐了。我发现，在每一棵垂槐的前方，还有一个标示牌，把垂槐的特性说了个明明白白：“垂槐系国槐的芽变品种，落叶乔木。树冠如伞，状态优美，枝条构成盘状，上部蟠曲如龙，老树奇特苍古。”有了这样的说明，住在小区里的居民，就能充分了解相关的园艺知识了。

垂槐虽没有丹桂那样的花香，没有海棠那样的艳丽，没有桃花那样的娇媚，但也临风自在，别有风范，观赏价值很高。在小区的草坪上、花圃边、亭台侧，荷塘畔，可以说随处可见，有的是孤植，有的是对植，有的是列植，都恰如其分，十分和谐。

自我住进来，不管主动还是被动，我都会在园中看景，每一次都有不同的感受。去年春末夏初吧，我在绿树花丛中漫步，一边欣赏，一边用手机拍照，蓦然地，一棵怪异的、伞状的小树闯进手机的取景框里，树的枝头还有白黄色的花蕾，我一时没反应过来，待仔细看时，才发现是垂槐。我心中一喜，垂槐还会开花！想起小时候到门口槐树上打槐花的情景，便有一种想亲近它的感觉。我走近垂槐，细细端详它。垂槐又叫龙爪槐，主要是指它的枝条像龙爪一样，向下生长。此种形态，也是垂槐栽培中最常用的一种整形方式。我曾在一个午后，请教一个园艺师，他告诉我一些关于垂槐的培植技巧，垂槐在嫁接成活当年，便在同一水平面上，从不同的方向，选留三至五条主枝，在新梢尚未木质化时，向外水平引缚。新梢长到八十至一百厘米时，再进行摘心，以促其发育新梢。这样，经冬季修剪，主枝基部直径二厘米以上者，可保留至八十厘米长，直径二厘米以下者，保留至六十厘米长。整理之后，如果发现有偏冠现象，可在偏冠部位，对枝条去强留弱，去长留短，以培养匀称丰满的冠型。第二年，每一主枝上，选留二三个延长枝，向外延伸生长，可从新梢下垂弯曲处的下方剪去，促进新梢生长，而后同样进行修剪，扩大树冠，同时要及时剪除内膛的下垂枝及高出“伞顶”的枝条。经过三四年的整修，基本就可成型了。所以，我们看到的这些成年成型的垂槐，是经过了不同园艺师的修剪、整形，才有现在这美丽的造型的。

我们小区的垂槐，除了伞状的，还有圆柱状和球状的，这两种造型，非常适合空间狭小处的小型花坛栽植，也特别的美观，因为下垂的枝条，垂到地面上，和草坪上的绿草就要发生亲密的接触了。据园艺师说，垂槐还可以修剪成长廊状、匍匐状、塔状和亭形等不同的造型。只要有时间，可以任意设计。有一次随意散步，倒是看到一棵塔状的垂槐，枝条向下疯长，像垂柳一样潇洒，已经垂到地上了。这倒是真新鲜。有一天，正是周末，我看到几个孩子在草地上玩捉迷藏，其中一个孩子躲在垂槐的后边，居然被挡了个严严实实。那个扎羊角辫的小姑娘，一时没有找到同伴，急得都要哭了。我看了，替那小姑娘着急，同时也跃跃欲试，想躲到垂槐的后边，重温一遍童年的游戏。

香樟花开

天韵广场位于别墅区的中心地带。

真是幸运，在寸土寸金的城市，在一个花园式小区里，居然有两个广场。前边短文里常提到的是爱神广场，因为广场正中间有爱神雕塑。这里所写的天韵广场，比爱神广场略小，因广场一侧的花圃里有一景观石上书有“天韵”而得名。广场上，有亭阁、长廊，也有水池和喷泉，绿化树更是郁郁葱葱，养人眼目。如果散步至此，还可以在长廊下的条椅上小坐片刻，偷得浮生半日闲，想想从前的奋斗和往日的情怀，也可规划一下充满希望的未来。我每次从天韵广场经过，都会流连一番，这里看看，那里瞧瞧，对于熟悉的风光和美丽的场景，心存感念，特别是走在那十几棵高大的香樟树下，闻着浓郁的花香，顿时神清气爽、心旷神怡，烦恼往事和不快记忆自然消失干净。

香樟树是小区的主要树种之一，可能是移植时就植株高大，也或许是风水好，地气灵，这里的香樟树都树冠大，枝叶茂，新芽也多，鲜活水灵，生命力特别旺盛。“暮春三月，江南草长，杂花生树，群莺乱飞。”这是名篇《与陈伯之书》里的名句，移到这儿很合适。我对“杂花生树”一词的概念，一直模棱两可，或者说没有完全领会其要意。直到今年春天，看到香樟树的花开花落时，才真切地体会到“生树杂花”的美妙——是的，我立即就把这一千年流传的名句修改了一下，觉得和香樟树其时的形态极其吻合。

香樟树是近些年才引进我市的，在大圣湖通往花果山的路上我见过，在苍梧绿园里我见过，在城市的其他地方我也见过，有的是做道旁树，有的是种在公园绿地里，长势并没有南方的香樟树那样冠盖如云，那样茂盛喜人，但毕竟丰富了城市的绿化。每每和它不期而遇，只当是平常的一次邂逅，并未太多地关注它。我近距离地观察香樟树，就是在天韵广场上。

仲春时候，因为正在写一部大部头的作品，把自己搞得很累，要经常出来透透风散散步。相对来说，天韵广场这边要更安静些，更适合于冥思苦想。我便常常坐在亭中，眼睛木木地盯着某一处看。也许在外人看来，我在观察什么，其实目光所接处，并不是我注意的重点，我的思绪不知放飞到了哪里。有一天，我想通了一个问题，正如释重负时，一只小蝴蝶，突然飞到我眼前，绕一圈，飞走了，落在不远处的树叶上。

那是香樟的枝叶。

要在平时，我不会注意一只小小的蝴蝶。但还不是蝴蝶翻飞的时候，它从哪里来？正想着，它飞走了。虽然蝴蝶飞走了，但那微微摇曳的枝梢，却引起了我的注意——香樟树的树叶是墨绿色的，一团一团的，这一条枝梢却是浅黄色的，像一枝花。怎么会是这样？观察事物，我喜欢从细微处入手，因此，当隔天我再来小坐时，那棵香樟树的枝梢再次进入我的视线。我便开始观察香樟树在春天里的细微的变化。如此天长日久，我发现，在春天里，香樟树和其他树种一样，会生长出无数新芽。当新芽刚刚探头、伸展，露出细小枝头的时候，总是先相互抱成一个个小球，在顶部略呈淡淡的暗红色，其实如果细看，主体仍是浅绿色或浅黄色。那小球如桃子状，只是比例更小，看上去不像一个轻盈可爱的蓓蕾，仿佛是一个“点”。用不了多少时间，枝头抱成蓓蕾一样的新芽很快变色为分外艳丽的新绿——和陈年的一团一团的绿不一样，同时像花瓣一样绽放，整个树冠都被这样的“花儿”所占领，并在微风中荡漾，当明媚的春日阳光正好普照下来时，那满树的浅绿、嫩黄，更显格外鲜艳。几乎就在新绿绽放的同时，大批老叶立即变色泛红，而且老叶因光照原因，也表现得不一样，有的色泽仍很艳，有的却很暗淡，并呈现枯萎状，不需要风吹，这些老叶便自由落体一样飘零而下。我看着这些落下的陈叶，并没有“摇落深知宋玉悲”的感怀，相反的，却有着“落红不是无情物”的感动。

接下来的几天观察，让我更加怦然心动了，香樟树的每一片新叶旁边，都会很快长出一根嫩黄色小花枝，在这些小花枝上，会分叉出三到六个更小的花枝，如果不是仔细观察，没有人会发现那些小花枝，而每个小花枝上，又开出三到六朵小花。就这样，当满树花开时，就非常的绵密了，恐怕用几万朵、几十万朵都无法形容吧。我不知道世界上是否还有其他植物能像香樟树这样一次开这么多这么小的花朵，原来我对秋天时密集开花的桂花感觉很是可惜，觉得一次性开那么多，太亏了。没想到比桂花更为密集的，是香樟花。香樟花的颜色是乳白色的，或者说有些黄白色，它是一种花瓣、花蕊齐全的双色花，色泽清丽淡雅，芳香四溢，不需要全神贯注就能闻得真切。

我欣喜于自己能够用十多天时间来天韵广场，坐在亭中廊下，细心观察某一种事物，而得到的回报也完全是意想不到的。香樟树的花从含苞欲放、灿烂盛开，到陨落飘零，只有十天左右时间，由于花太多，太小（只有针尖那么大吧），零落的时间前后有一个月左右吧。每天，在天韵广场北端的数十棵香樟树下，都会落满一地细碎的小白花和绿叶。也许是香樟树知道自己的花太不起眼，于是便以另一种方法引起人们的注意——它的芳香在花开花落过后，仍然保持下来，藏于树叶中，也藏于树干里，长年发出奇异而淡淡的、让人身心舒适的芳香。也许植物学家会反对我的这些说法，但如果你在天韵广场上待一阵儿，细心观看一回香樟树的花开花谢，你会赞同我的观点的。

金镶玉

我早就想用“金镶玉”做题目来写篇小说，但一直没有找到很好的角度。

金镶玉是什么呢？它是一种竹子。竹竿的颜色是黄色的，每节上都有一条绿色的沟，就像金块上嵌了一条翠玉，且上下交替，循环生长。竹子都是有名姓的，凤尾竹、湘妃竹、琴丝竹、橄榄竹、观音竹等，都很好听，文章也被做了好多。单说这个金镶玉竹，在花果山别有一种风姿，虽然不敢说独一份，至少其他地方罕见。有一次我陪几位外地出版社的朋友爬了大伊山，又爬花果山，朋友们看到漫山遍野的竹林，略有好奇地问：“此地算不上南方，也有这么多野生竹子啊？”话匣子一开，我便介绍起了海州独特的气候来：从地理上说，海州处在淮河以北，说是北方也没错。但因为紧靠海边，又有连绵百里的云台山（花果山），本来就处在南北交汇处，有了依山背海的地理环境，这里便成了南北植物的杂汇地，在北方没有的南方植物，花果山上有，在南方见不到的北方植物，花果山上也能生长自如。而金镶玉竹作为花果山的特色植物，长江以南基本不见，北方就更不用说了。说话间，又经过一片竹林，我们便驻足观赏。这些竹子都是经过打理、维护过的，一竿一竿，饱满而光滑，笔挺而俊朗，“金镶玉”的特点十分明显，我趁机又做了番宣传。他们在我的介绍下，也看出了其中的奥妙来，不住地啧啧称奇。

花果山上的金镶玉竹，原是野生，杂树下、山溪边、石头缝里，肆意生长，一丛丛一簇簇拥挤在一起，细细瘦瘦，干干巴巴，且乱七八糟，实在算不上美。近年来，因为绿化的需要，金镶玉竹也被用来人工栽培，销往外地不少地方。就算是山上的野竹，现在也有人管理，间苗、喷药、除草，告别了原先的无序状态，长得标标致致、清清爽爽、有模有样了，像个风华正茂的少年，眉清目秀，气宇轩昂。目前，市区的一些绿化带和公园里，不少地方都栽种了金镶玉竹。其实，早在古代，金壤玉竹分布是比较广的，四川、浙江都有。据旧时宋人笔记记载，金镶玉竹在唐宋即已经有人栽培，有的地方叫“对青竹”，有的地方叫“黄金间碧玉”，特点就是“竹黄而沟青”，和花果山上的金镶玉竹属于同一品种。单位有一年组织同事去浙江一带旅游，我就在绍兴的路边绿化带里看见过金镶玉竹。我在扬州也看过，扬州的个园里，竹子的品种较多，金镶玉也在其列。这些地方的金镶玉竹，是不是海州保存下来的独特品种而传过去的？抑或是独有品种？不好说。花果山上倒是为金镶玉竹立了块碑，介绍了金镶玉竹和发行过的金镶玉竹邮票。据说，1993年发行的四枚一套的《竹子》邮票中的第二枚，其图案就是取自花果山的金镶玉竹。

现如今，园艺设计和景点规划都离不开竹。苏东坡在“绿筠轩”流连不归，题咏说：“宁可食无肉，不可居无竹。无肉令人瘦，无竹令人俗。”这种境界不是一般人能做到的。有人还把竹做成盆栽，供在案头、雅室，当作清玩的上品。我曾在苏州朋友处见过他案头的一盆凤尾竹盆景，竹高半尺许至一尺不等，竹下有一块微型太湖石。这一小片竹林，虽只有竹六七株，却能扶疏葱茏二三簇，新篁耸翠三五竿。整个盆景萧疏有致、纤小婀娜、清新脱俗、趣味横生，特有雅意。没想到的是，这款盆景，居然是他自己培植的。他介绍说，先掘取匍匐在较浅土层中且形矮、附有小竹的带鞭竹根，竹根越多越好，要修去冗枝繁叶，再种在泥盆里。盆里的土，最好也是它生活的原土——成活后，再移栽到有造型的紫砂盆中。这时候就要小心了，要放在阴凉处，浇透一次水之后，只需每日再喷洒些清水即可，待一个月之后，再搬出去见见太阳，但也不能暴晒。等新笋破土，形成修篁嫩筱、青竹可观的小片竹林时，再审势疏密，取姿修短，留下合乎盆趣者，去之杂乱无章者，然后敷缀以苔藓和堆砌得神的灵石，一盆清雅可观的小盆景就打造成功了。我想，如此说说简单，真做起来，怕不是那么容易的事吧。但是，正因为不容易，才弥足珍贵。如果花果山上的金镶玉竹，缩影为盈握成景的自然微型竹林，打造成具有天然之境的小盆景，可能也是不错的产业，这样的话金镶玉竹的美名亦将远扬了。

窗下的月季

办公室的南窗下，有几十株月季，一溜横排过去，既美化了单调的办公环境，又给空旷的院子平添了些许生机。

月季是去年刚移栽来的。可能离了故土的缘故吧，也可能是花圃里的土质太次（有建筑垃圾），头一年开花不多，也没有出奇之处，朵不大，花不艳，有点干枯萧疏的意思。我觉得它能成活就不错了，还能开花，已经超出自身能力了。秋去冬至，一场寒霜突降，花便枯了。我剪些冻僵的花和花骨朵，插在瓶子里，供在案头，不久就风干成自然的干花了。这些花儿，保持枯前的姿势，或是结实的蕾，或是半开的花，基本都是鲜活时的色彩，虽然有看头，想想却挺让人怜悯的。难道不是吗？突然之间，好像毫无预兆地就被冻死了。冬天的月份里，在野外的月季，凭借自身的能力，根本无法开花的。怜花惜花的人古来有之，文学作品里更是很多，林黛玉就是典型，但是，她所葬的花，也不过是花的自然落体。而突然而至的霜冻，给正在生命运行下的花儿以致命的打击，这才是最为悲壮的。

今年清明一过，我从花果山下赶回燕郊，一进院子，就闻到了扑鼻的花香。等看到窗下一排百余米长的月季花丛，正大朵小朵地争相开放时，很是惊喜，这花儿开得也太密太艳了，大如碗口，就是半开的花骨朵也有小孩子的拳头大，胖乎乎的，粉嫩嫩的，花瓣肥厚，层层叠叠，而且这么多颜色，六七种有了吧，仅红的就有好几种，水红、大红、粉红等；还有各种紫，深紫、浅紫等；还有一种黄，可算作鹅黄吧。更为稀奇的是，有几株是紫红带黄边和鹅黄带红边的异种，如此高高低低、错落有致，简直看不过来。我的心情不由得喜悦起来。好不好看呢？真好看。

花香引来了数只蜜蜂，在花丛中穿来飞去，忙忙碌碌。去年也是开了几朵小花的，零零落落，一年未断，却不见蜂蝶。今年实在是开得好也开得早啊。我发现，蜜蜂们采花，不是盯在花瓣上，而是在花蕊里。刚开的花，花蕊鲜嫩，一根根细如发丝的须上，顶着一个个小小的绒绒的粉球——这就是花粉了。无数个粉球簇拥成一体的花蕊，最能引来蜜蜂了，它们吮吸着，有的很贪婪，趴在上面不动；有的吮吸一下就跑，争争抢抢似的。那些完全开放的花朵，花蕊大半都被蜜蜂吸枯了，不仅失去了鲜活和水灵，还变了色，由原来的嫩黄，变成了暗褐色。这算是花们做出的另一种奉献吗？如果不是，这些蜂也挺遭人恨的。

更可恨的是，又来了一只大土蜂，团头团脑的，个头比普通蜜蜂要大三四倍，飞翔的翅膀发出嗡嗡声，挺招摇，行动也有些笨拙，如果不是有着采蜜的共同爱好，根本都不能算蜂——但它更野蛮，它能一头钻进还没有完全开放的花朵里，半天才钻出来——那里的花蕊，被它采了头水，它一定心满意足了，让人不免又替蜜蜂打抱不平起来，我甚至还做了个恶作剧，在它钻进另一个半开的花朵里时，我用手指悄悄地捏住了花瓣，像包饺子一样，把它包在了里面。它起初没有发现，还悠然自得地采蜜。后来发现有危险后，才嗡嗡地向外撞，连带着花朵也跟着震颤起来了。我怕把它憋坏了，就松了手。讨厌的是，它飞出来后，并不知悔改，仗着身大力不亏，继续钻进那些半开的花骨朵里了，全不把别的蜂放在眼里。唉，随它去吧。

月季花开得这样好，是我没有想到的，算是意外的惊喜了。招这么多蜂，也应该情有可原吧。只是在赏花时还要和这么多蜂打交道，有点煞风景。但这也是没有办法的事，花香惹蜂来，是自然法则，花不香还惹蜂来，或花香蜂不来，那才是怪事呢。赏花就赏花，不去计较蜂呀蝶呀的，也算是一种境界了。

接下来的几天，我每天的清晨和黄昏，都要来看看这些月季花。花还是一朵一朵地开，枝条都累弯了，第一批开放的那些朵儿，已经有花瓣坠落。而新的花蕾又在膨胀，一茬一茬的，有点争先恐后的意思。在许多人看来，月季花是普通的花，因为太容易栽培，也太容易开花，而且，如果培植得当，还能季季开，月月开，人们便不去珍视它了。其实，月季花也是娇贵的花、懂得回报的花。对它好，它就开得好；对它不好，它也三心二意无所谓了。

这让我想起，食堂的李师傅在冬季里不停地给它浇水、施肥，甚至还在根部换些营养土，这才换得今春的好花怒放。我记不得在什么书上看过一篇文章，说是赏月季花有“十要”的秘诀，既要看“色”“型”，又要闻“味”（具体哪“十要”，我忘了），这是自然的。还有的养花人，喜欢在花儿即将开残时，将其摘除，以便让植株保养元气。这种办法我并不赞成。还听说，有人工培植的品种，连花瓣多少都有讲究，以三十瓣为最佳——那也过于强迫症了。我还是倾向于自然法则，花儿就是花儿，不能太规整，也不能太放任。有一句诗最为我欣赏：粉刺丛丛斗野芳， 春风摇曳不成行。“斗野芳”和“不成行”，这才是月季花的浪漫。

我喜欢这样的浪漫。

旱　蒲

我们称它作旱蒲，是为了和水里的蒲以示区别的。

旱蒲在乡间是寻常植物，叶子是扁的，从根扁到梢；花是紫蓝色的；一尺高左右。人家的园头、屋后、井旁、篱笆边或码头嘴上，都有。它对生长环境要求不高，一丛丛一簇簇的，就算被车碾人踩，就算被水淹，被太阳暴晒，也不在乎，照样生长。旱蒲的根系异常发达，喜欢抱团，栽下一棵旱蒲，不消多久，就会汇成一大丛。生长了十年八年的一丛旱蒲，其根系能汇成粗硕的一团，直径有一二尺。所以，我们叫旱蒲，不说一丛，说一蹲。“蹲”，作为量词，似乎只能用在像旱蒲这样的植物上，一蹲旱蒲，一蹲紫蕙槐，而不能说一蹲苹果树、一蹲向日葵什么的。旱蒲的用处，我只知道在秋天时收割晾干，可以搓绳子，可以做蒲团，也可以编蒲扇。我家东邻的三老爹，他家院里院外，种有好几蹲旱蒲，他每年都会搓几根绳子，把烟叶子编在绳子上，晾晒在门口。做蒲团也不难，只要用细麻绳勒，一圈一圈往外扩展。如果旱蒲不够，还可以辅以玉米衣。夏天时，坐在蒲团上纳凉，不是人人都能享受到的。因为蒲团毕竟不是很多。旱蒲编蒲扇，那是要有点手艺的，不像搓绳子，粗活，人人都能做。我只听说东庄的二左会，但我没见过。

旱蒲做盆景，我在朋友处见过。说来真是奇怪，许多植物，看起来不起眼，品不高，格不雅，一旦换了个环境，立马就不一般起来。就说旱蒲盆景，村道上无人搭理的野草，移栽到花盆里，立马像一个新的物种——有的确实也不是我前边所说的旱蒲，而叫菖蒲，又分水菖蒲、石菖蒲、金钱菖蒲、火影菖蒲等，还有叫茴香菖蒲的，会散放一股茴香气。它们是不是旱蒲的变种呢？样子确实像，只是更秀气了些，颜色也过于嫩绿——旱蒲的叶子上，有一层“白”，当然不是雪白的白了，是浮着一层“微霜”那种。《花镜·花草类考》里对于菖蒲有这样的分类：

“生于池泽者泥菖，生于溪涧者水菖，生水石之间者石菖蒲也。”又说菖蒲“品之佳者有六”，即“金钱、牛顶、虎须、剑脊、香苗、台蒲是也”。菖蒲盆玩，早在宋代时就盛行了，而且还有不少诗文来咏颂，苏东坡、陆游这些大诗人都写过，朱熹也有一首，挺好，诗曰：“君家兰杜久萋萋，近养菖蒲绿未齐。乞与幽人伴岑寂，小窗风露日低迷。”杨万里也有诗云：“笑拂孤芳旋汲泉，忽如身堕晓霜天。一生寒瘦知何用，只得清名垂万年。”而在那么多关于菖蒲的诗中，曾几的我最为喜欢，云：“窗明几净室空虚，尽道幽人一事无。莫道幽人无一事，汲泉承露养菖蒲。”这些诗，都是说菖蒲的，这就让我有点犯糊涂了，我家乡的旱蒲，究竟属不属于菖蒲呢？如果是菖蒲的一种，又算是哪一种？好像既能“生于池泽”，又能“生于溪涧”，还能“生水石之间”。难道三者都是？算了，不管它了，反正我们只顺口叫它旱蒲，挺好。

朋友王兵的画室里，就有一盆旱蒲，但它不是栽在花盆里，而是栽在古城砖上。据说这块古城砖，是真正海州古城的砖，那至少是明代的产物了。古砖的一端，被人挖了个浅坑，一小蹲旱蒲就植在坑里，很少的泥土上，满是绿色的苔藓。这蹲旱蒲细而瘦，不高，三五株环抱，挺精神，叶片也挺利索，有点清高和自傲，和古砖的颜色颇为相配。我不禁想起宋人曹勋的诗句：“原为水底石菖蒲，不教零落同百草。”

我看过的那些精致的盆景菖蒲，叶片细窄，植株矮小，精致而又秀气，那是它们的风致，它们的姿势，它们的存在方式。而我家乡田边路旁粗犷的旱蒲也自有其风采。

花园·紫藤

这是一块狭长的自留地，在别人家门口，和我家相隔三四户人家，我们把它叫作花园。花园只有三四米宽。北边以一户人家的猪圈南墙为界，直通到南沟，长度有六七十米吧。南沟也不是一条沟，是一个很大的池塘。

村子的南边，每家每户的田头，都是大大小小的池塘，相互连成一片，像一个糖葫芦串，串起来就是个不小的湖泊了。湖里什么都有，高瓜、香蒲、芦苇、荷莲、菱角、鸡头米，一样也不少。水里常有一种水鸟，我们叫它水鸡，芦花色，很鬼，很机灵，明明看着它在水面上快速游动，转眼就不见了。盛夏时，能看到它带着好几只小水鸡，在荷菱间练胆。小水鸡好像一出蛋壳就是游泳高手，有一点风吹草动，一个猛子就不见了踪影，好久之后，又陆陆续续在另一块水域钻出来。而柴喳喳（一种鸟，喜欢在芦柴上做窝）会把借窝生蛋的布谷鸟赶出来。

我们小时候经常到花园玩，也觉得这个地方很奇怪，怎么会叫“花园”呢？除了那架紫藤和两棵柿子树，并没有别的花果——几棵杂树是每家都有的。稍大点，略知事理时，听祖母和叔祖母聊天，才知道这块地的确是我家的花园，它的主人陈儒香，是我的高祖父，年轻时在海州大财主杨家做事，告老还乡时，是杨家用轿送回来的，听口气，待遇很高了。他历年积攒的钱财，除置办了几百亩田产，就是买了邻居家的这块田，在这里养花种果。我家有一个四米长的大条石，据说就是高祖父养花的花台。到了我祖父这一辈上，因叔祖父赌博，“一夜输了一顷地”，家道开始衰败。但叔祖父还是爱赌，兄弟俩只好分家，扣除我曾祖父陈开山老两口留的养老田，兄弟俩每户只分了不到一百亩田产。我叔祖父恶习难改，最终还是输光了田，只身离家，跑没了踪影。此时正是抗日战争时期，有人说，过江时，他被乱枪打死了。花园，也就成了我家的自留地。到了这时候，据说除了那架紫藤和两棵柿子树，花园里还有一棵梨树、一棵李子树、一丛木芙蓉。二十世纪七十年代初，我已经长大记事了，知道了梨树被移栽到我家门口，李子树移在了叔祖母家的南园。原本生长在水边的木芙蓉已经没有了。但那架紫藤一直还在。

小时候没有什么好玩的，一年四季我都会在花园里勾留。每个季节都有每个季节的好玩之处。冬天里，看树，看树上的鸟窝。夏天里，捉蝉，逮红蜻蜓。秋天里，扫树叶，捡枯树枝。最好还是春天里，我们会围着紫藤看。紫藤由于没有木架（原来应该有的），长得有些慌里慌张。四五根老藤干巴巴地、没有条理地交叉互架着，穿插着，牵连着，梢端的那些细条便有些“蓬头垢面。”就是这副模样，每年清明前后，它便鼓出浅黄或浅栗的芽，不消几天，芽变成叶，还没有完全舒展的羽状的新叶，有的翘首向上，有的半垂摇曳，各有风姿，很快的，就变成一团簇簇的绿了。远看那一团绿，整个园子顿时生动起来。一场春雨过后，绿叶便又肥又大了。打眼一看，突然看到一串淡紫色的花来，再看，不是一串，而是一串串，相互攀比着，悬挂下来。只一两天吧，那悬挂的紫，便形成规模，像紫色的瀑布了。绿叶便褪了色，成了陪衬——说实话，连陪衬也算不上。香味呢，清清淡淡的，悠悠然然的，弥漫在空气中。花园真的有花园的样子了。我们便兴奋地采这花，也没有什么用处，只是采了一大把，拿在手里玩。我们身后的路上，便遗落着细碎的花瓣了。坐在磨嘴上拧线的祖母看到了，“哦”一声，对石台那边的叔祖母说，紫藤又开花了。叔祖母想了想，若有所思地说，又开了。接着，没话。半晌，一个人又说，那紫藤，有一百年了吧？沉默了一会儿，大约在心里默算了出来，答，可不是，有一百年了。这老妯娌俩的对话，那时候我们听不懂（现在也不一定真懂）。紫藤的花要开一气，连绵约有一个月，而且，花色也随着日照的强烈而渐渐地变得紫中带蓝。我和小伙伴们，喜欢在紫藤花开最盛时，钻到树下去玩。那时年纪尚小，对赏花事不懂，除了扯下那半尺长的花穗，实在不知道怎么对付这么多花，只有一次，我尝试着把长穗上那些小蝴蝶一样的小花朵，揪一片，放进嘴里尝尝，有点熏鼻子的酸香味——不是什么好味，吃它的念头便也作罢。如果碰巧遇到下雨了，我会躲在紫藤下，小细雨还能对付过去，真要下成了大雨点，会被雨点赶出来，往家里一路狂奔。夏天的夜晚，和村里的小伙伴们在月亮地里捉迷藏，紫藤下也是躲猫猫的好地方，但也很容易被捉住——因为大家都想到了那里。

我记忆里的紫藤，不过是这样的。

汪曾祺先生常画紫藤。有一次，有一个朋友现场看他画，说了句“这紫藤里有风”，汪先生问是如何看出来的。答曰紫藤的叶子乱了。真是行家。我在汪曾祺的画册上见过好几幅紫藤图。1984年五一劳动节那天，汪曾祺画有一幅，题款曰：“后园有紫藤一架，无人管理，任其恣意攀盘而极旺茂，花盛时仰卧架下使人醺然有醉意。”他也在不同场合给文友们画，何镇帮、萌娘等朋友就得到过他赠送的紫藤图。给萌娘的画上有一句题识，云：“藤扭枝枝曲，花沉瓣瓣垂。”老先生还把紫藤写进文章里，在《我的家》里，有这样的句子：“金鱼缸的西北边有一架紫藤。盛花时，紫云拂地。花谢，垂下一根一根长长的刀豆。”

汪曾祺家花园里的紫藤给他带来许多难忘的记忆，画也画了，文也写了，紫藤何时枯死的，他并不知晓，也就免除了烦恼。我家花园的紫藤的运气就远不及汪曾祺家花园的紫藤运气好了。因为到了1971年冬季，村里沿着南沟修了一条公路，我家那丛紫藤，正好在公路的中心，只能被连根铲除，给公路让道了。近些年来，年事渐老，时常忆旧，偶尔会想起花园的紫藤，会想起扯拽一把紫藤花、在紫藤下躲雨的趣事，还想，当年祖母和叔祖母把梨树和李子树都移栽了，为什么不移栽这棵近百年的紫藤呢?

荆菜丛中一串铃

荆菜和一串铃，分明是两种植物，放在一块说，居然还很搭调。这是因为在我们办公楼窗前的花圃里，这两种植物毗邻而居，互相牵扯。在此后的生长中，也像是互相鼓励似的。

荆菜是春天时洒下的种子，从幼苗，长到可以食用时，都没有人能认出来。后来我揪了一把荆菜的嫩头和叶子，在自来水龙头下冲冲，甩干了，早饭时，夹在馒头里，再抹上辣椒油，麻中带有微辣，好吃，下饭。此后，在食堂吃饭的几个女同事，问我这是什么，我告诉她们，是荆菜，可以吃的。她们便在网上查了查，心里有了底之后，也在饭前去采一把来，放海鲜酱油拌拌，再滴点香醋和麻油，当小菜就饭，搭配食堂供应的凉拌黄瓜或豆腐乳，早饭就多了点味道。

在荆菜的边上，有一棵一串铃，不知哪里刮来的种子。刚开始，看不出来是一串铃，幼苗时，以为是一棵甜瓜或香瓜，每天都会看看它，对它还略带点呵护，给它浇水，还给根培了土，秧苗便舒展了开来，那丛一平方米左右的荆菜，也让开了一条路，秧上细细嫩嫩的蔓，便从荆菜之间穿了过去，又沿着一棵老虬新枝的月季向上攀爬，占据了有利位置，开始疯长模式，拉拉扯扯缠满了一枝一树。这一丛绿，就显得丰富了起来。藤蔓的叶丫里开花了，结果了，待到荆菜开了小花，叶茎有了纤维，不能当菜吃时，才猛然发现，这不是什么甜瓜或香瓜，不过是极普通又好玩的一串铃。一串铃的个头不大，形似鸡蛋黄，开始是青皮，渐渐变黄，形状确实像一串小铃铛，还会在风中铛铛作响呢。又过了些天，或许是杂事缠身，也或许是荆菜不能食用了吧，总之我把它们遗忘了一小段时间。

到了八月末，夏天就要过去时，我会在晚饭后到院子里散步。小黑（一条半岁大的小土狗）和花花（一只三个月大的小黄猫）会跟着我一起走，走着走着，两个小家伙就闹起了矛盾，受欺负的总是小黑。小黑仗着个头大，也不跟花花计较，跑去自个玩了。不多一会儿，只见它很快地跑来，跑到我和花花前边，头一低，从嘴里吐出一个金黄色的小圆球，用爪子一拨，小圆球滚动起来。花花眼尖，扑上去，两只小爪子抱住了小球，像那小球烫手似的，还没抱紧又扔了。我一看，这不是喇叭瓜嘛，都要熟透啦！趁它俩没注意，我像踢足球一样一脚踢开了喇叭瓜。小小喇叭瓜在平整的水泥地上迅速滚动，小黑和花花一起追去。花花自然跑不过小黑了。小黑一下按住了喇叭瓜，还没有玩，花花也立马赶到，它不去抢“球”，而是伸出两只前爪，照着小黑的脸就是一顿乱抓。小黑又让了它。我觉得花花太过分了，跑过去把花花抱起来，一脚又踢跑了“球”。岂料，小黑并不领情，不去追逐它的“球”了，而是跑到花圃边，转头望着我，仿佛在说，那个“球”让花花玩吧，这儿还有很多呢。我过去看了看那棵喇叭瓜，嚯，几天没见，都长成这样啦。藤蔓上的一只只小喇叭，一个紧挨一个，都呈金黄色，近前闻闻，还有淡淡的香味。再看那丛荆菜，叶子大都枯黄，小紫花也早就落光了，结了一穗一穗的籽。而扎根在荆菜丛里的一串铃的根系，也已经呈褐黄色了。我放下花花，查看了荆菜，想象着，如果不收它的籽，明年开春，花圃里会有更多的荆菜，可以揪它的叶烧汤，或者凉拌，佐饭一等。身边的小黑十分兴奋，爬下，跃起，趴下，跃起，又纵又跳。花花则歪着身子，伸出一只爪子，呈半直立状，逗那秧子上的小铃铛玩。

一串铃能给小猫小狗当玩具，同时也能给我们的生活带来一点情趣，蛮好！

枣

国庆长假期间，陪朋友去江南转了几个地方。在常熟、苏州、扬州，都看到了桂花树，也欣赏了桂花。在扬州的萃园里，看到好几株都是开金红色花的桂花，米粒一样一簇一簇地开放或半开在片片绿叶中，香了整个园子。同时，这次五天的江南行，还有值得一记的，便是吃了三种白鱼。在常熟，吃了长江白鱼；在苏州，吃了太湖白鱼；在扬州，吃了运河白鱼。三种鱼做法都是清蒸，装在白瓷盘子里，好看，入口更是鲜嫩。但，三种白鱼的鲜也各不相同，口感略微有异，只是说不出而已。湖鲜、江鲜、河鲜，算是都吃到了，取道连云港时，又在海边吃了一桌时令小海鲜。这一路上，真是大饱了眼福和口福。回程中，有人提出，去山东打冬枣，算是最后一个压轴的节目。

山东阳信是冬枣的产地，我们在离县城不远的公路边的一家院子里，看到了成筐成筐的冬枣，院子里还有一架机器，是人工土制的那种，像个水槽，带点坡度，“水槽”高处一端是个木簸箕，一侧有四个漏斗。主人开动机器，演示给我们看看，原来是用来选枣子的工具。把枣子倒进簸箕里，让其顺着斜坡往低处流，最先漏进槽里的，是最小的枣子，依次从小到大，最后就是最大的枣子了。我们挑的都是大个的一等品，每个枣子有乒乓球大，咬一个尝尝，又脆又甜。主人告诉我们，他家有十几亩冬枣，今年是大年，收成不错，能卖十来万块钱。

枣子是常见的水果，我家门口的南沟嘴（池塘边）就有几棵枣树，有一棵特别大，每年都要结好多枣子。阴历“七月半”以后就可以吃了。枣树下边的地势是很陡的沟坡，还有没膝深的蒿草，枣子掉落在蒿草窠里，很难找。打枣子的时候，大人们会拿来被单，让我们兄妹几个扯住四个角，枣子便被被单接住了，免去了在草窠里寻找的烦恼。

在乡间，村民大都不把枣子当好东西，货吃当时，正值时令时，吃几颗解解馋就算了。因为几乎家家户户都有一两棵枣树。记得老园爹家的门口有四五棵枣树，而且有不同的品种，其中有一种，晚熟，这种枣子不甜，红透了也不甜，纤维粗，吃在嘴里像木屑一样，我们叫它“大木枣子”。每年夏末或秋初季节，老园爹会在枣树下织席子，或编筐、编蓑衣。我们会在枣树下磨磨蹭蹭。他老人家知道我们的意思，小孩子嘛，嘴馋，无非是惦记着树上的大木枣子，不甜也惦记，不弄几颗到嘴里，总是不甘愿。他便一边编东西，一边跟我们聊天，看我们实在猴急得不行了，才让我们走到一边，自己把正在织的蓑衣披在身上，扯一根枣树的树枝，摇摇，抖抖，大木枣子便噼噼啪啪掉落下来。为什么要让我们走开呢？原来是怕枣树上掉下来洋辣子，这种浑身长满毛的洋辣子，十分厉害，落在身上，身上就肿了一块，又疼又痒，难以忍受。老园爹喜欢小孩子，喜欢跟我们说话玩，直到他满意了，才让我们吃枣子。我们吃着大木枣子，便心满意足地到别处去玩了。

枣树作为道旁树，虽然不多见，也不算稀奇。有一年中秋节前，东海浦南太平庄的朋友让我去他家冷库拿黄花鱼和对虾。太平庄靠海，就在蔷薇河入海口的边上，我到了村子里，看到平坦宽阔的村街上，两边各栽着两排枣树，此时正是枣子收获的季节，奇怪的是，满树的枣子无人问津。我下了公交车，随手摘一个，扔到嘴里，很甜。我正担心偷枣子不好，恰好一个大妈推着三轮车路过，我随口问她："这些枣子能吃吗？"她口气很生硬地说："有什么不能吃？又没有毒！"她误解我了。我又重新解释了一遍。她笑了，说："谁爱吃，吃就是了，满街都是，又不是什么好东西。"我想，也是，就像路边银杏树的果子，到了秋天，不是也落满一地吗？谁爱捡，捡就是了。

但在有的地方，比如山东的某些乡县，枣子可是重要的经济作物，像苹果一样，都是大面积地种植，成为当地的支柱产业。也难怪，枣子不仅可以生吃，还可以制作成干枣。烘干了，可装成小包装，也可装成礼品包，平时买一点，可以当零食吃。有一年，出差去深圳，飞机在赣州停留，在机场候机的时候，我去特产商店看看，看到一种食品，叫"南酸枣糕"。包装上大字的广告词是"来自

‘中国南酸枣之乡’”。“南酸枣糕”是用什么枣制成的呢？说明书上说此枣糕是“齐云山深山老林南酸枣树所结野生南酸枣为原料，经传统和现代相结合的特殊工艺精制而成”。我买一袋吃了，酸中略甜，口感不恶，算是尝了个新鲜。

酸枣，我们这里一般都指山上的野生小枣，枣核外面只有很少的果肉，并不好吃，花果山上有得是。我们每年秋天爬山，都会在山道边遇见，有时会随手摘几个吃，有时视而不见。每年国庆节过后的一个多月的时间里，正是秋游的好时候，也是爬山看红叶的时候，不经意间就会看到山道旁边的小酸枣树。树上的叶子大都落光了，一棵棵张牙舞爪的样子，枝头结着许多小果实，红红的，很好看，有好奇者，摘一个尝一尝，除了微酸，并无别的滋味。倒是诗人赵士祥先生，敢于尝试，摘了不少果子，酿酒喝，半口袋才能酿斤把酒。他让酒陈了一年，拿出来再喝，口感独特，有枣香味和甜味，回味时还有山枣的微酸，十分独特。

不久前，在公司坐班，一个同事跟另一个同事说：“你去洗澡啊。”我正纳闷着，上班时间洗什么澡？再看那个同事微笑着，从抽屉里拿出一包烘干的红枣——原来是洗这个枣。这种枣子我知道，吃起来有嚼劲。正巧我也带了一包干红枣在单位，我的吃法，是在小电锅里加水炖，把干枣子煮熟了吃，又甜又面，我一次能吃大半碗。秋天里，吃几颗干枣，当零食，可以开胃，确实不错的。

因为在山东阳信的路边“打”了几筐冬枣，便勾起枣子的话题，一发不可收拾地写了这么多，算是对这次“打”枣经历的纪念吧。

原《跋》

一

我年轻的时候喜欢读诗词楹联，对其中关于草木花果的句子特别喜爱，有选择地抄录在一个小本子上，得了很多条，会背的自然不在少数，后来大都忘掉了，能记得的只有常常挂在嘴边的几句，“堂筑浣花，广厦万间忧杜甫；畦饶寒菜，小园一赋续兰成”。“看来飞絮三春雪，错过繁樱四月花”。这是楹联。诗句有：“春草绵绵不可名，水边原上乱抽荣。”“点染韶华傅色均，枝枝红白为谁新。”“花如解笑还多事，石不能言最可人。”“幽径疏花放，晴林细露明。有香还自惜，在野不须名。”这些诗词楹联，连作者是谁都不记得了。此外，能完整背诵的，也有几首，比如《李》：“名果出吾家，移栽自海涯。要看花胜雪，先放雨催花。”因为李树我家也有一棵，在南园的池塘边，和几株枣树、桑葚挨在一起，结的李子又甜又酸，还因为喜欢后两句，富有深刻的哲理，意思既深刻又浅显：如果想在事业上取得成果，最重要的是事前的努力。另外有一首《女蔓草》，我也觉得好，对“女蔓草”三个字特别欣赏和喜爱，便背诵了下来：“誓作女蔓草，不当天罗瓜。女蔓缠死树，天罗挂西家。”这大约是一首歌颂爱情专一的诗，宁可做女蔓草，也不当天萝瓜。因为女蔓草总能缠着树生长，一生离不开这棵树，至死不变。而天萝瓜三心二意，不讲操守，到处乱爬，根在东家，瓜却挂在西家。女蔓草是什么草，没查出来，是不是拉拉藤这类的植物不得而知（可能不是，因为它们也从这棵树爬到另一棵树）。天萝我是知道的，就是我们常见的丝瓜。诗中的丝瓜成了“反面人物”，我心里总在为丝瓜叫屈，因为我喜欢吃丝瓜，特别是烧一海碗鲜贝烩丝瓜，就二两小酒，更是一绝。后来读到一首《丝瓜》，觉得这是一首为丝瓜鸣不平的诗，也牢牢地记下了：“黄花翠蔓子累累，写出西风雨一篱。愁绝客怀浑怕见，老来万缕足秋思。”诗里的双关语用得极巧妙，丝瓜像远游的人思念家乡一样，自己的情怀不愿被外人知道，最终形成万缕秋思（秋丝）。

二

我读书只凭印象，不求甚解，但古典诗词读多了，囫囵吞枣，照葫芦画瓢就尝试着作起诗来，自然不得要领，虽然和抄诗一样，写了整整一大本，终是没有胆气拿出来现丑，所以也不知放到何处了，脑子里更是忘得一干二净。倒是二十多岁的时候在某小镇做通讯报道员时，模仿古人写过一首“古风”，虽相隔二十多年，至今还记得。诗云：“东山日暮乱飞鸦，寂寞萧条有几家。庭树可知人去尽，春来还发旧时花。”“东山”，就是象征我们那个镇的一座小山。这是取意谁的诗，我不记得了，估计是有所借鉴的。和明末清初宋直方的《长信草》倒是有些异曲同工（“青青长信草，无意学逢迎。不厌凄凉地，春来还自生”）。

聊以自慰的是，读诗学诗中常常咀嚼并喜爱的那些瓜果草木还留在印象里，碰到实物时，便从沉睡的记忆里抬起头来，悄然浮出水面，丰富了我贫贱的人生和平凡的日月，并给生活增添了些许色彩和希望。

学着舞文弄墨后，给自己起了个笔名“草乙”，给自己的书房起名“草舍”，也是因为喜欢小草。二十来岁的时候写过一篇文章叫《野菜情》，同样是喜欢这种遍布家乡沟渠河畔的寻常植物，发表在什么报刊上也忘了，如今只记得这个题目。不过，这应该算是我“拈花惹草”的开始。

三

从写作算起，二十多年弹指飞过，没想到我写了这么一本关于草木野蔬的小书。

如前所述，我喜欢这类文章由来已久，大致时间和读诗抄诗时相近。在逛书店或旧书摊时，只要碰到和花草树木沾上边的就买，日积月累，居然有数百册，排了整整一个书柜，经常在灯下厕上枕边闲翻。最让我敬佩的是知堂老人，他是这方面的圣手，草木虫鱼写了数百篇，《药味集》《夜读抄》《风雨谈》《立春以前》《自己的园地》《瓜豆集》《饭后随笔》《苦茶随笔》《雨天的书》《看云集》等集子里收了很多这方面的文章，集外文更是不计其数。在《野草的俗名》里，他还列举了许多野草有趣的俗名，逐条加以注释，什么“臭婆娘”“官司草”，什么“鼻碰头草”“老弗大”，等等，很能勾起人们对于童年的记忆。这种闲适的文章很适合慢品，百看而不厌。鲁迅先生的《从百草园到三味书屋》也是我喜欢的篇章，特别喜欢这样的句子：“何首乌藤和木莲藤缠络着，木莲有莲房一般的果实，何首乌有臃肿的根。有人说，何首乌根是有像人形的，吃了便可以成仙，我于是常常拔它起来，牵连不断地拔起来，也曾因此弄坏了泥墙，却从来没有见过有一块根像人样。”在《朝花夕拾》的“小引”里，也“曾经屡次忆起儿时在故乡所吃的蔬果：菱角、罗汉豆、茭白、香瓜。凡这些，都是极其鲜美可口的；都曾是使我思乡的蛊惑。”后来又读郑逸梅先生的《花果小品》和叶灵凤的《忘忧草》，都使我爱不释手，后者的《散尾葵》

《牵牛》《文竹》《水横枝》等篇章，都可列为美文系列。汪曾祺先生也善写此类短章，《蒲草集》《草花集》《茱萸集》《菰蒲深处》等收有多篇，汪先生甚至把他的小说集都命名为《晚饭花集》。在他去世之后，山东画报出版社还辑有《人间草木》和《五味》。他的文章，充满人间烟火，花草树木、四季蔬果、虫鱼鸟兽，均涉笔成文，别有趣味，名副其实的大家手笔。

四

美国人约翰·巴勒斯号称“美国乡村的圣人”“美国自然主义文学之父”，他以哈德逊河谷和卡茨基尔山区为中心，长期致力于自然探索，把对大自然的亲身经历和体验都写成精美的文字，出版了《醒来的森林》《鸟与蜜蜂》《清新的原野》《冬天的日出》等随笔二十多本。还有约翰·缪尔，他的《群峰与山涧》《夏日山间之歌》等书，尽情地书写了山峰、江河、树木、花朵、鸟鸣，特别是《草地》《蜜蜂花园》《山谷的树木》《约塞米蒂的鸟》《约塞米蒂花园》等篇章，处处流露出作家对大自然的满怀深情，“到旷野里去，唯有在那里，疲惫、衰弱以及被过度‘文明’的人们才能获得久远而真切的慰藉，并重建一种源于土地和自然的有益的生活方式”。英国作家爱德华·格雷是一位热爱大自然的“乡野之人”，享受种花植木的乐趣，更喜欢到大自然中去欣赏野草野花，他的《自然的快乐》《鸟的魅力》等作品都是这方面的杰作。这些身在异国的乡村圣人都是我神往的大师，每每拿起他们的书，心里总是情不自禁地平静下来，仿佛和他们一起走进了大自然。

五

曾在一个朋友家的小院里，看到他亲手植的两株树，一株是芙蓉，一株是桂花。我知道朋友是取“富贵”的谐音。以这种形式寄托的，还有徽南的一些民俗，比如有的人家的门楣上，刻着古色古香的木雕，满池荷花，荷叶下是一只安静的螃蟹，这就是“和谐”了。我家老宅的院子里，有一块巨型的长条石，传说这是“老太爹”做花台用的。也确实有一块祖传的自留地，名字就叫“花园”，当然也是“老太爹”的花园了。那位“老太爹”的手里有百十亩田产，有一头牛，一头驴，过着小康生活，自然有闲情逸致养花弄草了。小时候我常到花园去玩，花园里有桑葚、牛奶枣、大盖柿子等果树，还有木香花和紫藤，每年春天，花园里都是花香四溢，秋天则是果实飘香。

写一本我记忆中草木虫鱼的书，是我一直的愿望。我曾经在云台山上置一所简陋的小屋，也是为写作做了预先的准备，那里的自然风光正是我想象的那样，各种果木、草藤、山花、野蔬、昆虫、山鸟、泉水、溪流，布满房前屋后，四季都有看不尽的风光。有一次在小屋四周不大的范围内，我数了数，居然有四十三种不同的植物，而整个云台山的植物就更不计其数了，真让我惊异，这是生活中不曾注意到的景观。这些奇异的草木都是一本本大书，我思想的书橱里能有这些大书，是我一生享受不尽的财富。正如古人俗语：布衣暖，菜根香，诗书滋味长。

但是，真正开笔之后，发现我喜欢的，并且乐意书写的，竟然还是田头垄间的那些野草、野菜、山藤或可以食用的植物的茎叶、花朵、根须，这些野蔬，已经浸透在我的记忆里，流动在我的血液中，成为挥之不去的童愁。我决意把它们一篇一篇写下来，记录的不光是对这些鲜绿的野草果蔬的印象，也是我对家乡、对童年的怀念。

跋文写到这里，想了几个句子作结：

水畦秋溪边，
花黄草木枯。
籽落泥尘里，
春来发几株。

新版后记

这本小书是从《野菜部落》里分出来的。原书初版时分为两卷，卷一为“野菜情”（已经独立成书），卷二为“草木如诗”。这本小书就是以“草木如诗”为主，增加了这几年新写的篇什，有《宝岩的杨梅》《花光一片白云堆》《百龄海棠百年果》《满园“富贵”》《垂槐》《香樟花开》《金镶玉》《窗下的月季》《旱蒲》《花园·紫藤》《荆菜丛中一串铃》《枣》等十几篇。

我对于花花草草的喜爱，由来已久。小时候，我曾经撸过紫穗槐的叶子，卖给生产队沤绿肥；撸过洋槐树的叶子，晒干了，打成粉，喂猪；割过益母草，采过车前子——这是两味中草药，卖给县药品公司；还打过桑叶子养蚕。后来我参加工作，在县城郊外的一个单位里当会计。这个单位人不多，面积大，有许多闲置的荒地，成立了一个苗圃。我就分管苗圃和园艺工作，跟着园艺工人学会了扦插、育苗等技术，私下里育过十几株龙松。我一度还想做个园艺家，但因为心仪写作，园艺家没做成，却根据这段生活，写过多篇小说。长篇小说《植物园的恋情》就是其中的代表之一。

文化人喜欢园艺的不少，叶圣陶和俞平伯晚年因为要种牵牛花，书信往来了十几封，相互推荐好的品种，讨论种植技术，还互赠种子，互邀看花，沉浸在花事中，其乐融融。老舍也在院子里种满了各种花草，有人去他家做客，就带着客人参观。鸳鸯蝴蝶派大家周瘦鹃更是痴迷花草树木，专门在苏州买了个大园子，培植各种花木盆景，免费让市民们参观。周瘦鹃不仅动手制作各种盆景，在院子里种了许多花卉，还把这些花花草草写成文章，出版了《花前锁记》《花前续记》《花前新记》《花弄影集》《行云集》《花花草草》等随笔集，成为一代园艺大师。汪曾祺也写过多篇这方面的文章，《花园》《云南草木状》《人间草木》《红豆相思》《晚饭花》《草木春秋》

《果园杂记》《马铃薯》等，成为他散文创作的重要组成部分。

我的这点花草树木的情结，都在这本小书里了。原先我并没有想做散文家，觉得写散文不急，不像小说，有些东西不写，就再也找不回来了。而散文的题目，放多久也能写。我甚至顽固地以为，好的小说家，一定能写好散文，而好的散文家，不一定能写好小说。

最近几年，写散文逐渐多了起来，发现散文也不是那么好写的，写一篇散文，同样要呕心沥血，调动十八般武艺，才能敷衍成篇。今年散文随笔的收获不少，数了数篇目，仅春节以来，就有三十多篇，除了因为增补这本集子而写的十来篇之外，较多的是关于读书的随笔。我向来喜欢读杂书，这也为我的散文写作提供了素材，但总觉得感慨不够深，寄兴不够远，有的文章过于平直、干枯，缺少滋润和曲笔，这是要引以为戒的。

2018年6月25日，于燕郊